KB210430

다석 **유영모** 시집 ①

단지 말뿐입니까?

가가 **함인숙**·유유 **김종란** 편집

다석 **유영모** 시집 ①
단지 말뿐입니까?

저자	유영모
편집	함인숙 · 김종란
초판발행	2018년 3월 8일

펴낸이	배용하
책임편집	배용하
내지디자인	이승호

등록	제364-2008-000013호
펴낸곳	도서출판 대장간
	www.daejanggan.org
등록한곳	충청남도 논산시 가야곡면 매죽헌로1176번길 8(54
대표전화	(041) 742(1424 전송 (0303) 0959(1424

분류	기독교	인물	영성	시
ISBN	978-89-7071-467-7 03810
CIP제어번호	CIP2019007568

 값 12,000원

차 례

단지 말뿐입니까?

얼떨결 | 절단 나서는 안 된다 | 어떤 시작의 명령 | 생명의 비결 | 자기의 속 | 하루 아침에 | 이제 여기 있다 | '사람'이란 말은 | 말을 자꾸 하는 이유 | 충분히 사는 것이 된다 | 가온찍기 | 그렇게 되도록 밀어 주어서 | 생명의 평화를 얻고자 | 되어 간다는 것은 | 그 길을 그냥 따라가 보게 | 머물면 썩는다 | 가는 것도 묵는 것 | 또 묵으란 말인가? | 그처럼 우리는 간다 | 가는 길이 오는 길 | 내 자리 네 자리 | 가고 있는 사람 | 잠자리에 들어

가듯이 | 자신이 갈 곳에 | 좀 더 살았으면 | 평생 신의 뜻을 이루려고 | 두 번 다시 | 인생은 놀러온 것이 아니라 | 변화를 일으키라는 명 | 수없이 겪으면서 | 나를 평가할 수 있는 답안 | 내가 나를 모르고서 | 아무 것이나 먹을 수 있느냐? | 보통 쓰는 한두 마디가 | 쓸데없는 일 때문에 | 하나를 생각해야 | 책망을 내리는 분 | 마주치는 것 | 곱다고 놔두질 않으니 | 진물 | 푸른 것이 있어야 | 자유가 있을 줄 아나 | 가족제도 때문에 | 나를 찾고 나라를 찾아야 | 과거를 자랑할 수 있으랴 | 사람이 뜻 먹고 사느냐 | 반사되는 빛깔 | 정신의 본질 | 맴과 몸에 얽매이면 | 매놓지 않아야 할 것 | 속은 넓어지며 | 몸이 걷겠다고 하면 | 정신이 끊어진 사람 | 살려가는 것 | 분명히 제가 하였다고 하여야 | 온 인류를 살리는 우주의 힘 | 리듬이 나오는 모양으로 | 단지 말뿐인가? | 생명율동이 느껴지는 것 같지 않느냐?

2장 | 바뀜이 앎이다 ··· 97

바뀜이 앎이다 | 자기가 아니라는 말 | 생각하는 소질 | 바탈을 태우려면 | 깊이 숨어야 | 생각할 만한 자격 | 깊이 통한 곳에서 | 어떻게 할 수 없는 | 말씀 닦는 거 아니냐? | 사는 까닭에 | 어림없는 소리 | 되게 하는 말 | 맘은 맘대로 있으면 | 마음을 마음대로 | 어쩔 수 없는 인간성 | 무슨 면목으로 | 아버지의 이마, 어머니의 눈 | 사양하지 말고 곧장 해야 | 빈손마저 | 눈을 마주쳐서 | 손 맞아 드린다는 것 | 한쪽이 얼굴을 돌려야 | 속알 실은 수레지기 | 바탈을 살려낼 때 | 몸은 옷이요 | 바탈을 타고 | 정신을 깨우는 약 | 툭하면 눈물이 | 정말 웃으려면 | 남을 이기면

뭐 합니까? | 바닷가에 가서야 알았다 | 학문의 시작은 | 나 아
니면서 내가 될 때 | 자기가 작다는 표적 | 맞은 아이는 | 심지가
꼿꼿하고 | 정正이 있으면 반反이 | 희다 못해 | 까막눈 | 세 가지
| 먼저 차지해 두었다 | 모르는 채 | 흔하지가 않다 | 위로 위로
올라가는

와서 | 이어져서 나타나게 | 자라라 자라라 | 본래의 자리에 들어가고 싶다 | 디딜 것을 디디고 | 내 생명 내가 산다 | 계시다 | 거저 깨나지 않는다 | 자연대로 되게 | 임으로서의 이마 | 소리 없이 고이고이 | 덕스러운 사람은 | 울고 물으면서 | 얼굴은 드러내어 | 틀린 소견이다 | 어디에서도 잘 수 있고 | 참은 처음에 | 고정하면 죽는다 | 큰 것이 부러워서 | 생각해서 밑지는 것이 | 현재를 비판할 줄 모르면 | 사람 죽이기를 싫어하는 | 그것이 그것으로 있도록 | 죽음이란 고치를 만들고 | 목숨 키우기 위해 | 방임되어 버리면 | 서슴 없이 버린다 | 꽉 쥔 연후에야 | 고디 곧장해야 | 힘차게 쉴수록 | 무엇을 해 보겠다는 게 | 제대로 있다

다시 태워서 밝힐 햇불

다석 선생이 돌아가신지 어언 40년, 직접 가르침을 받은 이들도 몇 분 계시지 않습니다. 다석 선생의 발자취를 새로 찾기가 어려운 때입니다. 이 때 다석 선생을 따르는 함인숙 씨알과 김종란 씨알이 선생의 말씀을 쉬운 오늘의 말로 풀어내어 책을 내었으니 참으로 고마운 일입니다.

다석 선생은 일생동안 진리를 추구하다가 드디어 깨달음에 들어가신 분입니다. 그는 많은 종교와 사상을 두루 쫓아 하나로 꿰뚫는 참을 깨달은 분입니다. 그는 온 생애에 걸쳐 열과 성을 다하여 '참'을 찾고 '참'을 잡고, '참'에 들어가고 '참'을 드러낸 '성인'입니다.

선생은 매일 하늘로부터 받은 말씀을 35년에 걸쳐 YMCA 연경반에서 제자들에게 전달하였습니다. 선생에게서 가르침을 받은 함석헌, 김교신, 이현필, 류달영, 김흥호 씨알들은 예수를 따

르는 그리스도인으로 예수의 길과 다석의 '참'을 실천하며 살은
분들입니다. 오늘날 종교가 제 빛을 잃어가고 있는 지금이야말로
다석의 '참'은 그 빛을 다시 태워서 밝힐 횃불입니다.

  다석 선생의 글월이 알아듣기 쉬운 말로 풀이된 이 책이 널리
읽히어 불안하고 외로운 이들이 사랑을 되찾아 평화로이 살기를
기원해봅니다.

2019년 3·1 100주년에 (재)씨알 이사장 김원호

하늘 위로 솟구치는 기쁨

다석을 배우고 알아가는 게 어언 20년이 된다. 세월이 갈수록 깊고깊고 넓고넓은 영혼을 만나가는 기쁨이 한없이 솟아나고 있다. 다석만큼 하루하루 살아가는 날수를 세어가며 하늘의 소리를 듣고자 무릎 꿇고 위로부터 오는 생각을 깨우쳐 적어놓은 분은 감히 찾아볼 수 없다. 하늘을 머리에 이고 1초 1초를 이어이어 사신 어르신을 만난 것은 내 생애에서 축복이라 생각된다.

다석은 생각의 반전을, 삶의 반전을, 믿음의 반전을 이루어가셨고, 자신이 받은 말씀을 생명生命, 즉 삶의 명령으로 받들어 YMCA연경반에서 강의를 꾸준히 하셨다는 것도 나에게는 무척 귀감이 된다.

다석이 20년간 쓴 일기를 보면 볼수록 모름의 깊이 속으로 들어가고, 깊이 속으로 들어가면 갈수록 바탈 타고난 맘 속에 온통 울림이 퍼지고, 울림이 퍼지는 것을 보고 서 있노라면 어느새 땅에 딴딴하게 서 있는 나를 발견하게 되고, 하늘하늘 위로 위로 솟구쳐 오르는 충만함으로 가득차게 된다.

특히 한국인 중에서 자랑스러워할 수 있는 분이 나에게 계시다는 것이 말할 수 없이 감격스럽고 나를 한국인으로 떳떳하게 살게 하신 분이다. 이러한 기쁨을 많은 분들과 함께 나누기 위하여 쉽게 접할 수 있는 우리 시대의 시어詩語로 내놓게 되어 감개무량하다.

다석의 글은 어렵기는 하늘을 찌르고, 쉽기로는 할아버지가 손녀에게 말하는 것 같아서 다석의 삶과 생각을 엿볼 수 있는 쉬운 말씀들을 뽑아서 편집을 했다. 씨알재단 다석강독회를 통해 친구가 된 유유 김종란씨알이 공동 편집에 기꺼이 마음을 모아주어서 생명력있는 말씀을 뽑을 수 있었고 속도를 낼 수 있었으며, 다석에게 각별한 애정을 품고 다년간 다석을 연구해 온 평산 심중식 씨알이 감수를 했다. 다석과 우리의 마음과 생각이 어우러져 더

욱 아름다운 시어가 나올 수 있었다.

 이 글을 읽는 분들이 한국인으로의 자부심과 자존감을 세우고
다석의 감성과 영성과 지혜를 익혀 당당하게 살아가게 되기를 바
란다.

편집자 **가가 함인숙**

장로회신학대학원, San Francisco Theological Seminary
전, 생명의강 교회 담임목사
전, 씨알재단 씨알공동체운영위원장
전, 1923년 학살당한 재일한인추도모임 공동대표
공저: 씨알 한달 명상집
riveroflife@hanmail.net

내 속에서 퍼 올린 글

다석 유영모 선생님을 처음 알게 된 것은, 2000년 가을 성천문화재단에서 발행하는 잡지「진리의 벗이 되어」를 통해서이다. 마지막 페이지에 다석어록이 나오는데 다석의 말씀에 신선한 자극을 받고, 그 잡지를 정기 구독했다. 그 후『다석일지』등 다석 관련된 글을 찾아 읽게 되었다. 다석을 만나면 높은 산을 오르는 느낌이 들고, 어느새 탄성이 저절로 나오며 그의 글에 빠져든다. 2015년 봄, 씨알재단 사무실에서 열리는 다석 강독회에 참석하면서, 서로 생각을 나누는 귀한 시간을 누렸다.

이 시간을 통해서 내가 알아차린 것이 있다. 맛을 좇는 지식은 막힌 앎이라는 말씀이 따끔한 경종을 울려준다. 지금까지 얻은 온갖 지식과 정보를 내 속에 쌓아놓은 채 그 부요함에 취해있을 뿐, 그것을 밑거름 삼아 스스로 생각을 파고 파지 않았다는 자각을 하게 된 것이다.

이제는 내 속에서 퍼올린 말과 글로 살아내고 싶다.

이번에 가가, 평산과 함께 다석어록을 다듬는 작업에 참여한 것은 분명히 행운이다. 두 분에게 고마움을 전하고 싶다. 이 책을 통해 저마다 제소리를 내어 소통하기를 바라는 마음이 간절하다.

편집자 **유유 김종란**

성신여대 대학원(교육철학)
시인, 수필가, 영어강사, 씨알재단 회원
저서: 김종란의 시와 산문 English Interface(공저)
refarm36@hanmail.net

티끌 하나에서 우주를 보라

대학생 시절에 함석헌 선생님을 통하여 다석 유영모가 함선생님의 스승임을 알게 되었다. 또 교회를 통하여 김흥호 선생님을 만나게 되었는데 다석이 또한 김흥호 선생님의 스승임을 알게 되었다. 함선생님은 잡지 「씨알의 소리」에서 다석을 소개하셨고 김선생님은 「사색」이라는 잡지를 통해 다석을 소개했다.

다석은 하루 한 끼만 드신다는 것과 날마다 살아온 날수를 계산하며 하루살이를 하신다는 소식이 인상적이었다. 김흥호선생님도 하루 한 끼만 드셨다. 그래서 나도 김흥호 선생님을 만난 지 10여 년 만에 스승으로 모시고 36세부터 한 끼를 시작했다. 결국, 일생 동안 다석의 신앙을 배우게 되었다. 이렇게 다석은 나에게 운명처럼 다가왔다. 함선생님 출생일이 3월 13일로 다석과 같다고 했는데 나의 출생일도 3월 13일이라 어떤 인연이 느껴졌다. 세상에 별로 알려지지 않았던 다석이 널리 알려지게 된 것은 1990년대 중반에 박영호선생님이 국민일보에 다석을 알리는 글을 오랫동안 연재로 실었기 때문이다. 이때 박영호 선생님이 다석의 충실한 제자임을 알게 되었다. 그 밖에 성천 유달영 선생이나 도원 서영훈 선생도 다석의 제자임을 알게 되었다. 2017년에 타계하신 서영훈 선생님은 다석을 처음 만났을 때 소감으로 '이분이야말로 참 사람이다' 하고 느꼈다 한다. 다석의 글을 볼 때마다 그분의 말씀이 생각난다. 그의 글을 통해서 일생 참을 찾아 참되게 사신 분이라고 느끼지 않을 수 없었기 때문이다.

  참이란 무엇인가. 우선 거짓이 없는 것이요, 속임이 없는 것이다. 그래서 참 말을 하는 사람이 참 사람이다. 날마다 수만 마디의 말을 하며 살지만, 그 속에 거짓이 얼마나 많은가. 나도 모르게 튀어나오는 거짓과 속임이 얼마나 많은가. 입에서 튀어 나오는 말을 깨어 성찰해보면 거의 무의식적으로 수없는 거짓이 나오는 것을 알 수 있다. 그래서 참된 사람이 되려면 우선 자기를 속이지 말라고 했다. 다석은 자기를 속이지 않는 사람이었다. '속은 맘 가죽은 몸'이니 몸의 집착을 끊고 마음에 속지 말고 참의 빛으로 살자는 것이었다. 맘에 속지 않으려면 컴컴한 속을 빛으로 밝히라는 것이다. 밝은 속알이 되어야 한다는 것이다. 빛이 참이다.

방이 빛으로 가득 참을 얻으려면 창문이 뚫려야 하고 방은 텅 비워야 된다. 다석은 텅 빈 마음에 얼의 창이 뚫려 참 빛으로 가득한 밝은 속알이 되자고 하였다. 밝은 속알이 되기 위해서 날마다 참을 그리며 살았다.

참을 그리며 사는 삶을 하루살이라 하였다. 하루를 진실하게 살자는 것이요 그 방법으로 일좌식을 실천하였다. 저녁에 하루 한 끼를 먹고 밤에 일찍 자고 아침에 깨어 기도하고 낮에 정직하게 일하는 것이다. 진실의 가을에서 시작하여 밤의 겨울을 지나 아침의 봄과 정직의 여름을 살자는 것이다. 참의 열매가 진실이다. 진실은 거짓 없이 순수하고 깨끗한 것이다. 꾸밈도 없고 거짓도 없고 있는 그대로 천연이요 욕심도 없고 의도도 없고 그저 어린아이처럼 생명이 약동하는 무위자연의 모습이다. 이렇게 다석은 거짓 없이 깨끗하게 순수의 빛으로 사는 정직과 진실의 참사람이었다.

다석이 강연한 말씀을 글로 옮겨준 선생님들 덕분에 다석의 인격을 이렇게 조금이라도 짐작해 볼 수 있다는 것이 얼마나 감사한지 모른다. 말이나 글로써 그분의 뜻을 다 알 수는 없지만 그래도 참 사람의 말은 없어지지 않고 길이길이 우리 속에 새로운 획을 긋고 새 깃을 일으킨다.

가가 함인숙과 유유 김종란의 수고 덕분에 이처럼 주옥같은 다석의 말씀들을 접할 수 있게 된 데 대하여 깊은 감사와 존경을 표한다. 비록 다석의 말씀을 편린으로 접할 수밖에 없다는 한계가 있지만 그래도 참사람의 말은 참말이 되어 그 울림이 어디서나 가득 차고 피어난다. 피 한 방울로 온몸의 상태를 알 수 있듯이 진실한 말씀 한마디를 통해서도 우주의 참 진리를 알 수 있는 게 아닐까. 티끌 하나 속에 온 우주가 들어있다는 이 진실을 깨닫는 기쁨이 모든 독자들에게 전해지길 바라는 두 분 편집자와 함께 한 마음으로 기도한다.

감수 **평산 심중식**

서울대학교 공대
동광원 귀일연구소장,
고려사이버대학 기계제어공학과 출강
씨알재단 인문강좌 강사

1. 이 책은 다석 유영모의 글과 강의 중에서 시어형식으로 정
   리한 것이다. 그의 글은 생전에 자필로 쓴 일지가 유일하며
   그의 강의는 녹취되어 『다석일지』 4권과 다석학회에서 엮은
   〈다석강의〉에 실려 있다.

2. 이 책은 총 4권으로 복사된 『다석일지』 중에서 발췌했고 〈
   다석강의〉에서도 일부 인용했다.

3. 1950~60년대 쓰던 말을 요즘 젊은이들이 이해하기 쉬운 말
   로 바꿨다.

4. 다석은 신을 부를 때 '하나이신 님', '하나님', '하늘에 계신
   님', '한웋님' 등 다양하게 말했다. 이 책에서는 다석이 품었
   던 신에 대한 부름의 느낌을 살리면서 보편적 의미가 함축
   된 '하느님'으로 통일했다.

1권

단지 말뿐입니까?

1장

얼떨결

얼떨결

나는 늘 인생의 생명 꽃을 피우는
농사를 하고 있으며
자기의 생명을 키우는 일보다
더 아름다운 것은 없다고 생각한다.

나는 위로 올라가려고 하는 것을
얼이라고 하고
아래로 떨어지려는 것을
떨이라고 생각한다.

얼떨결이란 말이 있는데
얼은 영靈이고
떨은 마魔라고 생각한다.

절단 나서는 안 된다

우리의 정신이 얼이다.
우리의 모든 것이 절단 나도
얼 하나만은
절단 나서는 안 된다.

우리가 산다는 것은
얼 하나 가지고 사는 것이다.
우리에게 소중한 것은
얼을 하자고
덜을 덮어버리는 것이다.

어떤 시작의 명령

어떤 곤충은 유충 시절만 수 십 년 살다가
성충이 된 지 얼마 안 되어 없어져 버린다고 한다.
우리도 '나'라는 존재로 나오기 전에
이런 유충 같은 시대가 있다면
유충이 성충이 되어 나가는
사명이 있을 것이다.

어떤 시작의 명령이 있을 것이다.
잠깐 있는 이 세상 한 때가
영원하다고 생각할 수는 없다.

생명의 비결

내가 언제나 영원한 현재가 되어서
영원 속에 살아가면
동에서나 서에서나 어디 있든지
생명 아닌 것이 없고
행복하지 않은 곳이 없다.

영원한 생명이 되면
죽어도 살아도
여기서도 저기서도
나도 너도
언제나 행복하다.

생명의 비결은
영원한 현재가 되는 것이다.

자기의 속

우리는 생겨먹기를
껍질로만 만족할 수 없다.
그런데 과연 우리는 그 속에
들어갈 수 없는가?

내가 낳은 자식 속에 내가 들어갈 수 없다.
나를 낳아준 어머니는 내 속에 있을 수 없다.
이같이 서로 들어갈 수 없는데
좀 비교해서 비슷하게
들어갈 수 있는 것이 있다.
자기自己라는 것이다.

자기의 얼굴은 거울을 보아야 알겠지만
자기 속은 다른 사람의 속보다
자기가 더 잘 느끼고 알 수 있다.

남이 자기를 보아주는 것에 비해
월등하게 자기를 잘 느끼고 알 수 있다.
그래서 사람이 마음속에 들어가 보았다 하면
비로소 자기 속을 알았다하는 것이다.

하루 아침에

인간의 머리로는
육십 평생 쓰는 말인데도
그래서 다 아는 것 같은데도
어떤 지경에 가서는 하루 아침에
다른 것이 되어버린 것을 안다.

그 다른 것이 지극한 경지의 것인지
그것은 모른다.
극진極盡을 알았다는 경지는
더 갈 것이 없다는 말이다.
그런데 이 말처럼 명랑한 게 없다.

이제 여기 왔다

산다는 것은
내가 이제 여기에
당도해있다는 것을 알아차리는 것이다.

다른 것은 몰라도
내가 여기 있다는 것은
대단히 훌륭한 발견이라고 볼 수 있다.
이것은 참 말이다.

아무리 넓은 세상이라도
여기이고
아무리 긴 세상이라도
이제이다.

'사람'이란 말은

말을 한다는 것은 말씀을 사뢰는 것이다.
생각의 불꽃을 살리는 말씀이다.
우리 속에 자꾸 살리는 것이 있으니
또한 살리지 않을 수가 없다.
생각하는 우리 존재가
그렇게 말을 시키는 데는 까닭이 있다.

우리를 가리켜 '사람'이라고 한다.
'사람'이란 말은
말씀을 사뢰는 중심이란 의미가 들어있다.
그래서 사람 속에는 불꽃이 있게 되는 것이다.

오늘 우리에게는
불꽃이 타고 있는가?

말을 자꾸 하는 이유

숨 쉴 때
나쁜 탄산가스가 나오는 것은 사실이나
참 생명의 불이 타고 있으면
생명에 독을 주는 탄산가스 따위는
되어 나오지 않는다.

산소를 완전히 들여 마시고
바로 숨을 계속해 내쉰다고 하면
생명의 이익이 되는 것이 나왔으면 나왔지
탄산가스처럼 해로운 것이 나올 리 없다.

제대로 산화가 안 되면
생명의 불꽃이 타지 않을 것이므로
탄산가스 이상으로 독한 것이 나올 수 있다.

생각이 잘못 들면 못된 생각이 나오는 것은 당연하다.
제대로 위로 올라가려고 생각의 불꽃을 태우면
결코, 생에 해로울 것이 없을 것이다.

우리는 생명의 불꽃을 태우느냐 못 태우느냐를
늘 생각해야 한다.
그것이 생각을 불사르는 것이고
그것으로 정신이 높아지는 것이고
그것으로 생각이 다시 올라가는 것이고
그래서 자꾸 말이 터지게 된다.

내가 말을 자꾸 하는 이유도 여기에 있다.

충분히 사는 것이 된다

우리가 우주 공간에 태어난 것으로 알면,
우리는 우주의 주인으로 살아야 한다.
우주를 삼킬 듯이 돌아다녀야지
집없다 걱정, 방없다 걱정, 병난다 걱정,
그저 그런 생각만하다가 판을 끝내서야 되겠는가?

훨훨 돌아다니는 우주의 여행가가 되었다 하더라도
꼭 우주의 주인이 된 것은 아니다.
어떻게 생각을 내는지, 생각의 불꽃 그것이 문제로다.

어떤 이는 일생 40리[1] 밖을 나가지 못했다고 한다.
그렇더라도 생각의 불꽃이 우주의 주인이 되면
그것으로서 충분히 사는 것이 된다.

---

1) 아리랑 노래에서 발병난다는 십리가 4Km다. 보통 한 시간에 4Km를 걷는다. 우
리나라 같이 산지가 많은 곳에선 4Km 정도가면 쫓아가기가 힘든다. 십리만 벗
어나면 결국, 헤어지게 된단 얘기로 많이 쓰였다.

가온찍기

우리는 불꽃을 피움으로써
미래와 과거와 영원에 접촉하고 있는 것을 느낀다.
이것은 다른 사람이 판단할 수 없다.
오직 자신만이 판단하는 것이다.

이렇게 보면 산다는 것은
'이제 여기'에 당도해 있다고 해야 할 것이다.
우리가 다른 것은 몰라도,
'나는 여기 있다'는 것은
대단히 훌륭한 발견이라고 볼 수 있다.
이것은 참말이다.

그러니까 아무리 넓은 세상이라도 '여기'이고,
아무리 긴 세상이라도 '이제'이다.
이것이 가온 찍기2)이다.
'나'라는 것의 원점이다.

---

2) 가온찍기: 날아가는 새를 화살로 쏘아 맞히듯이 곧이 곧고 영원한 나의 한 복판
을 정확하게 명중시켜 진리의 나를 깨닫는 것이 가온찍기이다. ㄱ은 ㄴ을 ㄴ은
ㄱ을 높이는 가운데 한 점을 찍는다. 다석이 말하는 가온찍기는 인생의 핵심이
다. (『다석일지』 1956)

그렇게 되도록 밀어 주어서

산다는 것은 따지고 보면
불을 일으키는 것이 아닌가하고 생각한다.
우선 사람이 숨 쉰다는 것은
산화작용을 한다는 것이다.
사람은 산화작용을 하는 생명이다.
그래서 생명의 불꽃을 일으킨다고 할 수 있다.

정말 참 생각, 좋은 생각의 불이 타고 있으면
생명에 해로운 것은 나올 리 없다.
반드시 좋은 것이 나올 수밖에 없다.
사람이란 본래 살도록 되어 있는 것이고 보면
마침내 좋은 건 남기도록 걸어가는 것이고
그렇게 되도록 밀어 주어서 참의 길을 살아가는 것,
그것이 사람의 삶이 아닌가 생각한다.

'사는 생명'이 지나가는데서,
서로 사랑하는 것으로 끝을 맺게 될 것이다.
본래 하느님께서 내어 준 분량을
영글게 노력하는 생명은,
반드시 '사랑'에 이르게 될 것이다.

생명의 평화를 얻고자

인류가 몇 천 년 동안
무슨 권력, 무슨 능력하면서
생명 평화의 근원적인 힘을 찾겠다고 하지만
진정한 생명의 평화는
권력을 가지고 되는 것이 아니다.

생명의 평화를 얻으려는 노력이
역사를 이루고
언론 문학 문명 문화를 이룬다.
그런데 생명 평화를 얻고자 하여
얻는 경지에 갔다면
이것은 문명 문화의 평안이다.

그러나 오늘날까지
인류는 아직도 완결을 보지 못하고 있다.

되어 간다는 것은

사람은 여러 가지로
따져봐야 하는 습성을 가지고 있다.
잘 된다 못 된다 하는 말은
어디서 나오는가?

되어 간다는 것은 자연自然이다.
되어 간다는 것은
변화해 간다는 것이다.

하늘과 땅, 자연과 우주,
무한량의 공간과 시간은
다 변화한다.

그 길을 그냥 따라가 보게

사람을 가르친다고 해도
무엇을 가르친다는 것인지
그저 틀에 박는 것 같은
되지 못한 교육의 합리화일 뿐
이런 가르침이라면
안 가르치는 것만 못하다.

어쩌면 좋을꼬?
성인이 길을 만들어 갔다면
그가 먼저 간 그 길을
그냥 따라가 보게 하는 것도
괜찮을 것이다.

머물면 썩는다

우리는 일정하게 머무를 곳이 없다.
그래서 무주無住 3)이다.

머무를 주소가 있다면 그것은 우주일 뿐이다.
우주 공간이 우리의 주소이다.

사람들은 모두 머무를 곳을 찾는다.
그러나 머물면 어떻게 되는 건가?

머물면 썩는다.
머물어야 살 것 같지만 머물 곳이 없어야 산다.

머무르면 그쳐 버린다.
산다는 것은 자꾸 움직여 나가는 것이다.

---

3) 무주(無住): 머무를 거처가 없다.

가는 것도 묵는 것

생명은 자기 갈 곳을 가게 되어있지
묵지를 못한다.
하룻밤을 묵었으면
'내'가 간다는 것을 알아야 한다.

묵는 것도 가는 것이고
가는 것도 묵은 것이다.
가는 날 내가 간다고 하면
묵어가는 심정이 퍽 부드러워진다.

자기 집에서처럼 어디에서나 잘 먹고
무엇이나 잘 먹게 된다.
그러면 건강도 좋아진다.

또 묵으란 말인가?

날이 저물면 손님더러 묵어가라고 한다.
또는 더 묵어가지 않고
왜 벌써 떠나는 거냐고 말리기도 한다.
묵어가는 것이 편할 것 같다.

묵으면 머무르는 세계가 된다.
어떻게 자꾸 묵겠는가?
더 묵어가라고 하는 심정
또 묵어 보았으면 하는 심정
그것은 하루라도 더 이 세상에 얽매이기를
소원하는 생각이다.

묵는다는 것은 어떤 뜻으로는
불행을 가하는 것인지도 모른다.
세상에 묵는다는 것은
실상은 몸뚱이만 묵는 것이지
'내'가 묵는 것이 아니다.

평생 묵었는데 또 묵으란 말인가?
묵는다는 것은
몸을 묵는다는 것이지
정신이나 생각을 태우고 나가는 것이 아니다.

'나'라는 것에는 묵는다는 것이 하나도 없다.
새롭게 나가는 것이다.

그처럼 우리는 간다

내가 살아가고 있는 것은
요즈음 밤새 어두움을 걷다가
해 있는 곳에 온 것만 같다는 느낌이다.
아침이 되면 해가 찾아온다고 하는 것이 옳지
내가 해 있는 곳을 찾아간다는 것이
말이 되느냐고 할지 모르나
자기 그림자를 밟고 가겠다는 생각처럼
내 생각의 불꽃은 자꾸 그렇게 타고 간다.
언제나 그처럼 우리는 간다.

그렇게 가는 것이 이렇게 오는 것이다.
가고 옴의 같기가 더하기 빼기와 같다.
'더하기 빼기'란
원점을 두고 좌우를 말하는 것인데
반대쪽에서 보면
빼기가 더하기로 보인다.

가는 것이 더하기이고
오는 것이 빼기인지
오는 것이 더하기이고
가는 것이 빼기인지 모른다.

옳고 그름이 다 이와 같다.
어둠과 밝음이 또한 그러하다.
가는 것은 섭섭하고 오는 것이 반가운 것은
다 거주사상에 사로잡혀 있기 때문이다.

가는 길이 오는 길

사람들은 두고 간다면 섭섭하게 생각하고
온다면 반가워하는데
오는 것은
앞으로 가는 길이 온다는 말이다.

길에는 가는 사람도 있고 오는 사람도 있다.
오가는 사람이 없다면
아무리 길이 훤히 터져도 소용이 없다.
또 길이 없으면 오고가지도 못한다.

가는 길이 오는 길이다.
요사이 나는 평생 가고 있는 것이
실은 내가 있는 곳에
오고 있는 것으로 느껴진다.

내 자리 네 자리

사람은 여기에 머물러 사는 것같이 생각되나
머무를 수 없는 것이 또한 사람이다.
우리가 곰곰이 생각해 보면
자기 주소를 묻는 것은 참으로 우스운 짓이다.
제 자리가 어디 있는가?

자리란 무엇이냐?
이 자리 저 자리
이것은 내 것 저것은 네 것 하는데
그것이 어디 있는가?
내 자리 네 자리 하는 것은 있을 수 없다.

그런데 사람들이 앉아서
이것은 내 자리 저것은 네 자리한다.
본래 내 자리 네 자리가 없는 여기인데
머무를 곳이 어디에 있단 말인가?

가고 있는 사람

나도 여러분처럼 가고 있는 사람이다.
우리가 기차를 타면 차 안에 머무르게 된다.
그러나 그것이 머무르는 것인가?
우리는 지금 강의를 들으면서 머무르고 있다.

그러나 이것이 머무는 것인가?
그것은 지구를 타고 머무르고 있을 뿐이다.
우리는 가만히 앉아 있지만
지금 가고 있는 것이다.
머무르는 것이 아니다.

세상에 있다는 것은
줄곧 가는 것을 뜻하는 것이지,
정지를 뜻하는 것이 아니다.
모든 일도 다 그렇다.
자꾸 지나가고 있다.

우리가 시간 공간 하지만,
그게 따로 따로 있는 것인가?
한 세상 안의 시공간이지
모든 것은 변하고 자신도 변한다.

잠자리에 들어가듯이

우리는 매일 아침과 저녁을 맞이하지만
정작 아침은 어머니 뱃속에서 나올 때요,
정작 저녁은 죽는 때이다.

우리가 조심조심 저녁을 맞으러 갈 때
여전히 초연히 맞이해야 한다.
그러면 왜 죽어? 따위는 말하지 않게 된다.

인생은 무상하다.
이 세상에 영원한 것은 없다.
이것을 알면 초연히 지나갈 수 있다.

밤낮없이 가는 것을 알면
우리는 저녁에 잠자리에 들어가듯이
한 번 웃고 죽는 길에 들어설 수 있는 것이다.

자신이 갈 곳에

먼저 할 일과
나중에 할 일을 알면
자신이 갈 곳에
가까이
갈 수 있다는 것을
알게 된다.

좀 더 살았으면

나는 모름지기 지금 이 세상을 떠나도 좋다고 생각한다.
나는 일흔 살에 가깝다.
일흔이라는 말은
인생을 잊는다는 것을 뜻한다고 본다.

그래서 이 사람에겐 이 세상에
좀 더 살았으면 하는 생각이 없다.
나중에는 어떻게 될지 모르겠으나
더 살고 싶다고 소리소리 지르지는 않을 것이다.
말을 하고 말씀을 알려고 하고
말이 이 사람을 심판을 한다는 사실을 믿고 있기에
그런 일은 결코, 없을 것이다.

내가 이 시간에 이 자리에 선 것도
말씀을 알려고 하기 때문이다.
우리가 이 시간까지 살고 있는 것은
그 때문인지 모른다.
참으로 말씀을 알고 세상을 떠나면
악을 면케 된다.
말씀을 알고 가면 심판받는데
근본을 다 준비해 가는 것이 된다.

평생 신의 뜻을 이루려고

잠깐 절하는 것이 제사가 아니다.
제사는 결국
위대한 인물이 되는 길이다.

평생 신의 뜻을 이루려고
노력하는 것이 제사다.
사람 되는 것이 제사다.

제례[4]는 사람 되는 것의 상징일 뿐.
위대한 사람이 되면
모든 사람들이 그를 쫓아 사람이 된다.

그것이 정치다.

---

4) 제례: 제사를 지내는 의례(儀禮).

두 번 다시

하늘 땅을 펼친 자리에서
한없이 가는 세분된 만물이
돌아가고 바뀌어 가는 것이
자연과 인생이다.

흘러가는 물에
두 번 다시 물을 적실 수 없고
흘러가는 시간 속에서
오늘은 두 번 다시 살 수 없다.

우리가 다시 살아볼 수 없는 이 순간이
역시 인생이라는 것이다.

인생은 놀러온 것이 아니라

인생은 놀러온 것이 아니라
일하러 왔다.

놀러왔다면 100년을 살아도
아무 의미가 없다.

그러나 인간은 놀러 온 것이 아니라
일하러 왔다.

인간은 일하는 데 의미가 있다.

변화를 일으키라는 명

일한다는 것은
자꾸 변화를 일으키는 것이다.
그것이 비상非常이다,

우리에게 명命이 있다면
자꾸 변화를 일으키라는 명인 것이다.
이것이 비상명非常命이다.

수없이 겪으면서

집을 떠나서
험한 산 깊은 물을
수없이 건너고

큰 사건 작은 사건을
수없이 겪으면서
연단되고 단련된 사람들은

서로를 이롭게 하며
살아간다.

나를 평가할 수 있는 답안

나를 평가할 수 있는 답안은
내가 내 놓은 말씀이다.

말씀은 내 속의 표현이며
나 자체이기도 하다.

나는 한 끄트머리이며
하나의 점이면서
하나의 끝수이기도 하다.

내가 나를 모르고서

나는 이 민족의 한 끄트머리
현대에 나타난 하나의 첨단이며
나의 정신은 내가 깨어나는 순간순간
나의 마음 한복판을 찍는
가온찍기 한 점이다.

나는 이 '나'라는 것을
좀 더 깊이 알아보고
모르는 나를
더듬어 보기 위해서
정초 한 달의 모임을 쉬고
조히 앉아서 생각을 내어
기운을 차려볼까 했던 것이다.

그런데 지난 오후에 한 감상을 얻었다.
이것을 계속 생각다 못해
다음날부터 단식을 결심했다.

오늘까지 닷새가 되는데
언제까지 계속 될지는 아직 모르겠다.
지난 번에는 열하루를 했는데
오늘도 이곳까지 꽤 먼 길을 걸어 나올 수 있으니까
아직도 기운은 있는 셈이다.

이 단식은
내 자신에게 물어보지 않고 하는 일이다.
제가 산다는 것을 모르니까
자기의 마음을 알 까닭이 없다.

내가 나를 모르고서 무슨 말을 하겠는가?
들은 말 옮겨서 무엇 하는가?

아무 것이나 먹을 수 있느냐?

말이란 우리 정신의 양식인데
정신의 양식을 아무 것이나 먹을 수 있느냐?
좋은 말 좋은 책을 고르고 골라서
먹어야 하지 않겠느냐?

우리가 물 한 모금을 마시려고 해도
고르고 고르는데
하물며 말씀을 사르려면
얼마나 고르고 골라야 할지 알 수 없지만
그러나 고르고 골라야 참말을 할 수 있다.

보통 쓰는 한 두 마디가

커다란 하늘에 계신
우리들이 바라고 흠모하는 거룩한 존재.
우리 머리 위에 있는 이 존재를
나는 하느님이라고 부른다.

나는 하느님을 믿고
하느님이 심판할 것을 믿는다.
이 심판이 어떻게 이루어지는지
구체적으로는 모른다.
그런데 성서에는
"마지막 날에 너희들이 말한 말이
너희를 심판할 것이라"고 적혀 있다.
인생의 총결산을 '말씀'으로 한다는 것이다.

말씀이란 우리 입에서 늘 쓰는 보통 말이다.
보통 쓰는 말이 심판에서 온통이 된다.
많은 말이 우리를 심판하지 않는다.
우리가 보통 쓰는 한 두 마디가
우리를 심판한다고 믿는다.

쓸데없는 일 때문에

사람과 사물에 끌리지 않고 빠지지 않으면
온갖 법도가 다 꼭 바르게 된다.
쓸데없는 일 때문에
쓸데있는 일이 방해받아서는 안 된다.

사람들은 거의 쓸데없는 일에
정신을 소모하고
정말 쓸데 있는 일에는
거의 정신을 쓰지 않는다.
시간도 재력도 마찬가지다.

무엇이 쓸데 있는 일인가?
그것을 아는 것이 진리파지5)요 덕성이다.
진리파지한 사람은
이룰 것을 이루고 가질 것을 가지게 된다.

---

5) 진리파지(眞理把持, 샤타그라하): 스스로 마음 속에서 옳다고 생각하는 하나의
   진리를 잡고서 놓치거나 버리지 않는다는 뜻이며, 간디의 진리파지사상은 무저
   항운동을 할 때 중심에 있던 사상이다.

하나를 생각해야

이 세상에는
절대 진리라는 것은 없다.
절대 진리는 하늘 위에 있다.
우리는 이 절대를 쫓아
올라가는 것이다.

절대 아닌 것은 생각하지 말고
지상의 것은 훨훨 벗어 버리고
하나를 생각해야 한다.
'하나'인 님을 찾아가는 것이
곧 우리 사람의 일이다.

책망을 내리는 분

이 사람에게도 의중에 인물이 있다.
내가 잘못할 때 나에게 잘하라고
책망을 내리는 분이다.

내가 영원히 잊을 수 없는 분은
예수 그리스도이다.
내게 선생이라고는
예수 한 분밖에 없다.

예수를
선생으로 모시는 것과
믿는다는 것과는 다르다.

마주치는 것

한없는 능력이 이 손 끝에 내리는 것을
나는 알고 있다.
괴변일지 모르나,
이 점에서 '예수'와 '예수 그리스도'가
마주치는 것을 볼 수 있다.

'마주친다'고 말하는 이 괴변인은
예수 십자가의 보혈이
이 몸을 사하는 지는 잘 모르지만,
내가 이 자리에 설 수 있는 것은
어제 저녁에 먹은 밥과 야채가
나의 피가 되어주었기 때문임을 알고 있다.

곱다고 놔두질 않으니

꽃에서 나오는 피도
꽃이 고이 가졌을 때는
알짬6)꽃피이다.
세상에서 갸륵하게도
곱고 깨끗한 것은 불인데
아무의 마음이라도 마냥 그리로는
곱다고 놔두질 않으니
그 뜨거움에 조금도 대들 수가 없어서이다.
그런즉 세상에서
꽃 위의 꽃은 불꽃이다.

---

6) 씨알의 알은 생명과 정신의 알맹이, 알짬을 뜻한다.

진물

나는 이런 생각을 해본다.
세상에 고운 것이 꽃이요,
세상에 더러운 것이 진물인데
꽃을 심겨 있는 채
두고 보면 고우나
꺾고 보면
진물이 난다.

푸른 것이 있어야

이 사람은 물과 불을 퍽 많이 생각했다.
물을 불리는 것은 불이다.
불리는 작용에는 물과 불이 작용한다.

우리 마음속에 평화를 일으키려면
푸른 것이 있어야 한다.
푸른 것이 있어야 풀어갈 수 있다.

여기에서 우리는
'물', '불', '풀'이
깊은 연관이 있다는 것을 알 수 있다.

자유가 있을 줄 아나

돈을 모으면 자유가 있을 줄 아나
그건 어리석은 생각이다.

이기와 독단을 낳기 십상이기 때문이다.
영업이나 경영이 자기 몸뚱이를 위한 일이라면
그것은 서로의 평등을 좀 먹는다.

경영을 하면 이익을 추구하게 되고
그렇게 되면 평생 모으려고만 하게 될 것이니
자유 평등이 있을 리 없다.

매어서 사는 몸에 무슨 자유가 있냐?

가족제도 때문에

국가라는 말이 틀렸다.
국가國家라 하면 의례히
집 가家자가 붙어 다닌다.
우리나라가 망했다면
가족제도 때문에 망하지 않았을까?

집만 생각하고
나라까지는 가지도 못한 것이 아닌가!
나만 보다가
너는 생각도 못하고 만 것이 아닌가!

나는 집 가家자 대신에
차라리 사방천하라는 방方을 써서
국방國方이라고 했으면 좋겠다.
왜정 때 쓴 국가라는 말을
우리가 따라 쓸 필요는 없다.

나를 찾고 나라를 찾아야

나를 찾고 나라를 찾아야 한다.
그래야 나와 나라가 유아독존이 된다.

이제 맨 끝은 다름 아닌 아버지다.
하늘의 아버지다.
그 아버지를 붙잡아야 일어설 수 있다.

아버지의 아들이 되어야 일어선 아들이다.
유아독존이 되려면
아버지의 아들로 살아가야 한다.

과거를 자랑할 수 있으랴

인류의 역사를
돌에 새기고 쇠에 녹여 부어
수천 년 수만 년을 살아왔어도
결국, 싸움하고 물어 찢는 기록들이요
자랑할 만한 것이 아무 것도 없다.

인류의 역사는 죄악의 역사지
그 밖에 아무 것도 아니다.
개인의 역사도 마찬가지다.
지나간 역사는 모두 죄악뿐이요
후회할 것뿐이지
누가 감히 자기의 과거를
자랑할 수 있으랴

어거스틴7)만 참회록을 쓰고

루소8)만 참회록을 쓸 것이 아니다.

누구나 자기의 과거를 쓰면

다 후회요 참회일 것이다.

7) 어거스틴Augustine：(354년~430년) 4세기 알제리와 이탈리아에서 활동한 기독교
   신학자.

8) 루소Rousseau：(1712년~ 1778년) 스위스 제네바에서 태어난 프랑스의 계몽주의
   철학자.

사람이 뜻 먹고 사느냐

사람은 뜻 모르고 사는 경우가 많다.
뜻은 무슨 뜻?
'사람이 뜻 먹고 사느냐 밥 먹고 살지' 한다.
결국, 뜻은 싫어하고 맛을 좋아한다.
세상 사는 맛이 있어야 한다는 것이다.

지금은 맛을 못 보아도
나중에는 좋은 맛을 보겠거니 한다.
좋은 맛을 찾으면서
언제가는 좀 더 좋은 맛이 있겠거니 한다.
그런데도 지금까지 좋은 맛을
완전히 찾았다는 사람이 거의 없다.

반사되는 빛깔

우리는 반사되는 빛깔을 보고
색과 모양을 알아낸다.
그러나 색은 빛이 아니다.

우리는 빛을 볼 수는 없다.
빛은 자기만을 비추는 것이 아니다.
남에게까지 비춰주어야 한다.

그래야 사회도 나라도
좀 나아질 것이다.

정신의 본질

정신이란
자꾸 나아가는 것이다.

정신의 본질은
자유에 있는 것이다.

그리고 그것은 공평과 평등이다.
나와 너의 차이가 있는 것은 아니다.

맴과 몸에 얽매이면

정신은 지화知化를 요구한다.
정신이 궁신지화窮神知化하면
큰 데 매여서 돈을 모아보자는 욕심은
부리지 않게 된다.

그런데 궁신지화9)도
자유와 평등에 입각해 있어야 한다.
그렇지 않으면 자기 본질이
궁신지화에 있는 줄 알면서도
매여 모으려는 궁리만 하게 된다.

사실 맴과 몸에 얽매이면
자유와 평등을 잃게 된다.
궁신지화를 모르면
자유와 평등을 말하면서도
실은 그것을 깨뜨리고 있는 것이다.

---

9) 궁신지화(窮神知化): 신을 탐구함으로써 만물의 변화를 알게 되는 현상.

매놓지 않아야 할 것

지금의 사회는
제각기 매여살기를 좋아한다.
매이는 것이 우상이다.

매놓지 않아야 할 것을 매놓고
모이는 것이 아닌데도
모으려고 하는 것이 우상이다.

속은 넓어지며

우리 안에 속알이 밝아
굴러 커지는 대로
우리 속은 넓어지며 겉은 얇아지니
바탈[10] 타고난 그대로
왼통 울려 속알 굴려
깨쳐 솟아나라. 오르리로다.

이 글은 내가 혼자 가만히 앉아서
마음 속에서 깊이 외우는 것인데
한 바퀴 외우고 나면

내 속이
더 깊이지고
더 넓어지고
더 옹글어지고
더 깨어나는 것 같아서
나는 정신 하이킹이라고 한다.

---

10) 바탈: '바탕'의 순우리말. 함석헌은 『뜻으로 본 한국역사』에서 "인(仁)은 사람의
    사람된 바탈이라고 한다.

몸이 걷겠다고 하면

몸은 내 마음대로 하지 못한다.
몸의 자연현상에 대해서 맘대로
할 수 있다고 생각한 것은 막말이다.

몸이 걷겠다고 하면 걷고
쉬겠다고 하면 쉬는 것이다.
누울 때가 되면 눕는 것이다.
그대로 놔두는 것이다.

몸에 대하여 부자연스럽게 간섭하지 말라.
조급한 마음으로 몸에 간섭하면
좋지 못한 행실 밖에 나타나지 않는다.
조급한 생각이 불행을 자아내고 있다.

모든 것이 마음대로 되지 않고 있는 것은
자연을 자연대로 놔두지 않았기 때문이다.

정신이 끊어진 사람

가장주의는 깨져야 한다.
가족주의는 깨져야 한다.
족보를 따지는 시대가 아니다.

자손이 끊어지는 것을 걱정 말고
정신이 끊어지는 것을 걱정해야 한다.
정신이 끊어지는 것을 염려하는 사람이
있다는 말은 들어보지 못했다.

정신을 이어나가는 게 중요하지,
자손이 끊어지는 것을 걱정할 필요가 없다.
자손이 끊어진 사람이 몇이나 되는가?
극히 적다.

그러나 정신이 끊어진 사람은 아주 많다.

살려가는 것

이 세상에서 의심할 수 없이 있는 것은
생각의 주인으로서의 나인 것이다.
그렇지만 나라는 것은
그리 쉽게 이해되는 것은 아니다.

생각이 사려나오는 것이
있다 없다 하는 것은 문제가 아니다.
있음은 있는 대로
없음은 없는 대로
그때그때 따라서 다를 것이다.

다만 한 가지 알아야 할 점이 있다.
그것은 내가 나가는 긋 또는 끝이
여기 예 있다는 것이다.

내 생각이 예 있다는 것을 알고
내 생각을 살려가는 것이다.

분명히 제가 하였다고 하여야

사람 노릇을 하려면
제가 한 것은
분명히 제가 하였다고 하여야 한다.

정신이 분명한데도
몸짓이 잘못되고
실없는 소리가 나왔다고 하면
자기를 속이는 것이 된다.

남은 그렇지 않다고 생각하는데
실없는 소리를 한 사람이
자기가 실없이 하였다는 것을
남에게 믿게 하고 좋게 하려 하면
그것은 자기를 속이고
남을 속이는 것이 된다.

온 인류를 살리는 우주의 힘

온 우주를 살리는 우주의 힘이 되는
성령의 말씀이 있다.
인생은 신비한 존재이다.
인생은 자기 존재에 있어서
자기 존재가 언제나 문제가 되는 동물이다.

인생이 다른 동물과 다른 것은
자기존재가 문제가 된다.
왜 문제가 되냐 하면
인생은 자기 속에서 존재의 소리를
들을 수가 있는 것이다.

공자는 60에 이순耳順 11)이라고 했다.
육십이 되면 존재의 소리가 들린다.
그것은 공자뿐만 아니라 모든 사람이 다 그런 것이다.
존재의 소리를 듣고 말할 수 있는 것이
인생의 특징이다.

---

11) 이순(耳順): 예순 살을 달리 이르는 말. ≪논어≫ 〈위정편(爲政篇)〉에서, 공자가
예순 살부터 생각하는 것이 원만하여 어떤 일을 들으면 곧 이해가 된다고 한 데
서 나온 말이다.

리듬이 나오는 모양으로

하늘 땅은 전부 상이다.
우주는 모두 상이다.

이 상 속에
생명의 율동12)이 있다는 말이다.

풍금과 피아노 같은 악기에서
리듬이 나오는 모양으로

이 삼라만상 속에서
생명의 율동이
나오는 것을 느낄 수 있다.

---

12) 단군조선 이전 시대인 마고 신시(神市)에서는 고대로 돌아가는 원시반본(原始返本)의 정신으로 율려가 생활 속에 가장 순수하게 살아있던 때가 있었다고 부도지에 나와 있다. [네이버 지식백과]

단지 말뿐인가?

상像이라는 글자를 생각해 보자.
이 상은 초상肖像, 화상畵像의 상을 말한다.

우주라고 하면 우리 생각으로는
태양계에 별이 얼마나 있고
달이 어떻고 하는 것 밖에 모른다.
그래서 화상이라고 하는 것이다.
무한한데서 느끼는 것이 상像이다.
전 우주를 하나의 상으로 볼 수 있다.

우주, 우주 하지만
우주로 무엇을 느끼는 것인가?
우리가 생각할 수 없는
무한량의 시간과 공간의 세계를 우주라고 한다.

한량없는 시공의 세계에서

우리는 무엇을 하는가?

단지 말뿐인가?

무한한 공간과 시간에 대해 우리는 생각이 없다.

상 속에 무엇이 있는가?

그 속에는 생명 율동이 있다.

생명활동이 느껴지는 것 같지 않느냐?

'우주란 것이 또한 잠들어 자라는
무슨 아기인지 누가 알까?',
이 사람은 우주를 이렇게 생각하고 싶다.
우주가 잠들고 자라는 그 무엇인지
누가 알겠느냐?

우리집 아이가 잠자고 자라는 것같이
우리가 느끼는 우주도
잠들어 자라는 어떤 아이일지
누가 아느냐? 누가 알까?

부득이 우리가 생명 율동을
알아차리거나 느낄 수 있다면
우리 앞의 이 하나라는 우주에서
그렇게 느껴보지 않을 수 없다.

우리 몸뚱이 세포 하나하나가
따로 생명이 있는 것이라고 한다.
그 세포들이 생명을 느끼는 것이 있다면
이 같은 인격을 지닌 우리를
느끼고 갈 것이 아니겠느냐?

우리가 지금 우주라는 것의 세포라면
이같이 느낄 수밖에 없다.
이렇게 생각하면
우주의 생명율동이
느껴지는 것 같지 않느냐?

2장

바뀜이 앎이다

바꿈이 앎이다

생각과 마음을 가지고
자연을 연구하여 법칙을 찾고
그것을 이용하여
우리의 생활을 풍부하게 하는 신비의 문,
이것이 인생이다.

변화,
그것이 지식이요
바뀜이 앎이다.

높이 하늘을 받들고
높이 높이 하늘의 뜻을 받아
겸손하게 자기를 낮추어
얕이 얕이 알아차리고
이치를 찾아 채우고
땅을 디디고
현실에 입각하여
현실을 아름답게 살아가는 것이다.

자기가 아니라는 말

대우주는 언제나
자기 아니면서 자기이다.
자기가 아니라는 말은
계속 변해간다는 말이다.

계속 변하여
자기가 없어지는 데
그런데
대우주는 여전히 대우주라는 것이다,

변하는 것이
곧 변하지 않는 것이다,

생각하는 소질

소질 가운데 소질은
생각하는 소질이다.

인간은 이성적 동물이다.
그림을 오리고
노래를 불러
감성을 살려도 좋고
사물에 직관하여 신의 섭리를 헤아리는
영성을 살려도 좋고
과학과 기술을 연마하여
오성을 살려도 좋다.

하여튼
바탈 성性자를 살려야 한다.
그것이 사는 것이다.

바탈을 태우려면

생각이란 우리의 바탈13)이다.
생각을 통해서
깨달음이라는 하늘에 도달한다.

생각처럼
감사한 것은 없다.

생각이라는 바탈을 태우려면
마음이 놓여야 하고
마음이 놓이려면
몸이 성해야 한다.

---

13) 다석은 '바탈'을 성품 성(性)에 대한 우리말로서 우리가 위로부터 받아서 평생 타
고 갈 것을 바탈이라고 한다. 덧붙인다면 우리의 소질 중에서 생각하는 소질을
가장 귀한 소질이라고 했다.

길이 숨어야

자기를 반성하고 깊이 숨으면 숨을수록
더욱 빨리 고치14)가 될 것이다.
세상에 나타나려고 하지 말고
숨으려고 해라.
숨으면 숨을수록
더 기쁨이 충만하게 된다.
그것은 더 높이 올라갈 수 있기 때문이다.

인도 사람은 33층의 하늘에도
계단이 있다고 생각했다.
오르려는 사람은 깊이 숨어야 한다.
숨는다는 것은
더 깊이 준비하고 훈련한다는 것이다.

훈련의 훈련을 통해서
인간은 도에 달하는 것이다.

---

14) 완전변태를 하는 곤충의 유충이 번데기로 변할 때 자신의 분비물로 만든 껍데기
모양 또는 자루 모양의 집이다. 이것은 외적(外敵) 및 외부로부터 번데기를 보호
하려는 목적으로 만들어진다. 모양과 구조가 다양하다. (두산백과)

생각할 만한 자격

마음이 고요해지고 고요해지면
평안해지는 것이다.
그 다음에야 능히 생각할 수가 있다.
생각할 만한 자격은 여기에서 가능하다.

생각하는 것은
사물이 내 것이 되게 한다는 것이다.
정신과 생각이 일에
사로잡히게 되었다고 하여야 한다.
사물에 대한 기회를 더불어 넣는 것이다.

생각한 뒤에야
도달할 데
도달했다는 것임을 뜻한다.

길이 통한 곳에서

선생도 깊이 생각하고
학생도 깊이 생각해서
마음 속에서 서로 아무 말도 없지만
마음 속에 깊이 통한 그 곳에서
만나는 계약의 점이 있다.

이 점 한 점만이 진실한 점이요
이 점에서 선량한 선이 새기고
이 선에서 아름다운 면이 생기고
이 면에서 거룩한 몸체가 생길 것이다.

어떻게 할 수 없는

점에서 선이
선에서 면이
면에서 체가 나오듯이

물질계에서 생명계가 나오고
생명계에서 정신계가 나오고
정신계에서 영의 세계가 나오는데

이 영의 세계는
어떻게 할 수 없는
절대적인 것이다.

말씀 닦는 거 아니냐?

말씀을 삼가자.
말씀을 고르자.
말씀을 닦자.

우리의 정신을 닦는다는 것은
말씀을 닦는 것이다,

생각이란 무엇이냐?
말씀 닦는 거 아니냐?
몸을 닦듯이 말을 닦자.

사는 까닭에

사람과 상관하지 않으면
말씀은 필요 없게 된다.
따라서 사는 까닭에 말씀이 나온다.

생각이 말씀으로 나온다.
정말 믿으면 말씀이 나온다.
말은 하늘 꼭대기에 있는 말이다.

어림없는 소리

자연이 우리를 상像으로 대해주는데
우리는 상에 만족하지 않는다.
원래의 상像속에 들어가서
그 속을 속속들이 알지 않으면
못 견딘다고 한다.
그러니 큰 야단이다.

어떤 인생은 꼭 들어맞는 것을 찾고
목적에 도달하여 밥맛이 있고,
무슨 일이든 재미있으며
재생한 것 같다고 한다.

그러다가도 숨이 끊어지려는 순간에는
'아이고, 내가 왜 이래? 나 죽겠다.'는
소리가 나온다.
이것이 무슨 소리인가?
죽기는 모두가 한 번 죽는데
누가 누구를 살리는가?

삶이 그렇게 재미있고 맛있으면
죽는 것도 재미있고 맛있어야지
왜 '나 죽겠다.' 소리가 나오느냐?

이런 것을 보면
온전히 다 알았다며
다 깨친 것 같이 해도
어림없는 소리이다.

되게 하는 말

우리말로 된다고 하면
어떤 일에 성적이 올라간다고
하는 말로 들리기 쉬우나
실은 가만히 놔두는 것을 말한다.

큼직한 자연이 스스로 되기를
위주(爲主15))로 하고 있는 상태를 가리킨다.
이 자연에 생각을 붙여서 되어 나가는 것을
두량(斗量16))해보는 것은 사람이다.

그래서 사람은 마음을 맘대로 하고
몸은 몸대로 되게 하라는 말을 하게 된다.

---

15) 위주(爲主): 으뜸으로 삼음. (네이버사전)
16) 두량(斗量): 1.되나 말로 곡식 따위를 셈. 또는 그런 분량. 2.일을 헤아려 처리함.

맘은 맘대로 있으면

맘대로 하면
몹쓸 것 같이 생각하나
이것은 착각이다.

상대를 얻지 못하면
맘대로 못 산다고 하는데
그러한 욕심이 채워지는 것을
마음대로의 뜻으로 생각하면 잘못이다.

자연을 정복하겠다는 식의
맘대로는 안 된다.

맘은 그저 맘대로
몸은 그저 몸대로 그냥 두는 것이다.
이것이 원칙이다.

부족한 것이 있어도 부족하려니 하고
그냥 놓아두는 것이다.
맘은 맘대로 있으면 된다.
이런 의미에서 맘대로 하라는 것이다.

마음을 마음대로

인생이란 끝날 때까지 미정未定일 것이다.
과학조차도 증명할 수 없는 일이 허다하다.
더구나 구름을 잡는 것과 같은 형이상의 것에
완결을 보았다는 것은 당치도 않는 소리이다.

무슨 이론, 무슨 철학하는 것은
생명의 평화를 얻자는 데서 나온 한 이론인데
그것이 끝을 본 것은 아니다.

세상에 완전한 이론이란 없는 것이다.
이처럼 모든 것은 다 미정이다.
그러나 한 가지 뚜렷한 것이 있다.
그것은 마음을 마음대로 하는 것이다.

어쩔 수 없는 인간성

아버지를 그리워하고
맨 첨을 사모하고
진리를 탐구함은
어쩔 수 없는 인간성이다.
그것이 인간의 참 뜻이다.

이 뜻은 꼭 이루어진다.
그것이 성의誠意 17)이다.
아버지를 알 수는 있지만
아버지를 볼 수는 없다.

---

17) 성의(誠意): BC 430년경에 만들어진 책으로 유학의 정수를 담고 있는 대학(大學)
의 8조목 가운데 하나. 자기를 속이지 않는 진실과 정성스런 마음을 말한다.

무슨 면목으로

이제 우리는 몇 대로 할아버지를 들추는
족보타령은 집어치워야 한다.
내가 위대해야지
조상만 위대하면 무얼하나.

조상은 위대한데 내가 망국지종[18]이라면
조상에 대하여 불효요
무슨 면목으로 조상을 들출 수 있을까

신라의 문화를 말하고
고려의 문명을 말하는 것은
모두 어리석고 창피한 일이다.

왜 우리는 그 이상 발전 못하고
옛날이야기만 하느냐 말이다.

---

18) 망국지종(亡國之種): 나라를 망치게 하는 자.

아버지의 이마, 어머니의 눈

자유는 책임지는 정신이요,
평등은 꿰뚫어보는 눈이다.
만물을 똑같이 꿰뚫어 봄이다.
하늘에 대해서 책임을 지는 것이 자유고
만물을 꼭 같이 꿰뚫어 보는 것이 평등이다.
하늘은 자유의 상징이고
땅은 평등의 상징이다.

정신은 울고 물어보는 이마에 있고
육체는 밝고 불이 나게 나가는 눈에 있다.
마음의 특징은 이마에 있고
몸의 특징은 눈에 있다.
끝까지 책임을 지는 것이 아버지요
끝까지 보살피는 것이 어머니다.

아버지의 이마, 어머니의 눈,
아버지가 계신 동안 자유는 있고,
어머니가 계신 동안 평등은 있다.
아버지 앞에는 모든 사람이 자유롭고
어머니 앞에는 모든 사람이 평등하다.

사양하지 말고 곧장 해야

사랑이 제일이라고 성경은 말한다.[19)]
사랑을 길이 길이 깊게 갖는다는 것은
사랑을 스스로 맡아서
짊어지고 간다는 것이다.

우리는 사랑을 받으면
사양해서는 안 된다.
선생이 하지 못하는 것도
사랑이라고 생각될 적에는
사양하지 말고 곧장 해야 한다.

---

19) 신약성경(개역개정판) 고린도전서 13장 13절: 그런즉 믿음, 소망, 사랑 이 세 가
　　지는 항상 있을 것인데 그 중에 제일은 사랑이라.

빈손마저

빈손마저 내어
두 손 모아
맞추어서 드리는 것은
인생밖에 없다.

눈을 마주쳐서

'눈을 맞춰 떨칠까'
이 말은 내가
스스로 묶어서 드리는 손,
마지막으로 빈손까지
모아 드리는 일과 결부된다.

'마주친다'는 것은
여간 켕기는 것이 아니다.
눈을 마주쳐서
빈 손 마저 드리고
위로 올라간다는 것이다.

이것이 하늘을 섬기는
마지막 태도이다.

손 맞아 드린다는 것

그믐사리에 물이 가장 많이 든 것은
해와 달이 맞서서 당기기 때문이다.
우주에서 해와 달이
합쳐서 잡아당기는 힘은
굉장한 작용을 일으킬 것이다.

그래서 손 모아 드린다는 것,
손 맞아 드린다는 것이
얼마나 큰 추진력이
있는가를 짐작하게 된다.

한쪽이 얼굴을 돌려야

사람과 맹수가 서로 눈을 마주칠 때,
맹수가 먼저 눈을 피하면
사람이 그 맹수를 맘대로 부릴 수 있다.
사람이 진다면 먹힌다,

오래 눈이 마주치면 결투가 일어난다.
결투는 승부가 나지 않고는
그치지 않는다.

사람과 사람도 눈이 마주치면
결투를 하게 된다.
결투를 안 하려면
한쪽이 얼굴을 돌려야 한다.

그래서 본래 눈은
오래 마주쳐서는 안 되는 것이다.

속알 실은 수레지기

우리 말에 속알딱지가 없다느니
속알머리가 없다느니하는 말을 쓴다.
지금 우리에게는 정말 밝고 큰 속알이 있지 않나?
태양처럼 밝고 큰 속알이 있지 않냐?

옛적에는 속알을 밝힌다고 하여
불수레에 속알 실었다고 한다.
속알 든 우리 끝머리를 들어 생각했다면
이전에 양반이니 쌍놈이니 하는
옹졸한 생각은 다 없어졌을 것이다.

우리는 영원히 속알 실은 수레지기로
자기의 끝머리를 밝히고 나가면 된다.
창조적 지성으로 살아가는 것이다.

바탈을 살려낼 때

몸이 성하면 마음이 놓인다.
마음 놓임을 더 감사한다.
마음에 걸리는 것이 없이
마음이 놓이면 또 감사하다.
마음 놓이는 것처럼 좋은 것은 없다.
그렇게 마음에 괴로움이 없고
평안하면 심심치 않겠는가 하고
걱정하는 사람이 있지만
그것은 몰라서 하는 말이다.

마음이 놓이면
그때는 바탈을 타고 나가게 된다.
마치 바람이 자면
배를 타고 나가는 것과 같다.
마음이 놓이면 자기의 개성이 살아난다.
사람은 자기의 바탈을 살려낼 때
자기를 느끼게 된다.
자기의 개성이 자랄수록
사람은 오늘보다 내일에
더 깊은 바탈을 느끼게 된다.

몸은 옷이요

몸은 옷이요
얼이 주인이다.
몸 위에 얼굴이 있는 것이 아니라
얼 밑에 몸이 숨어있는지도 모르겠다.

얼굴이 주인이요
몸은 종이다.
이것이 인간의 모습인지도 모르겠다.

바탈을 타고

사람은 계속해서 자기를 느끼게 되고
더 깊이 자기 바탈을 찾아내게 되고
더 깊이 자기 바탈을 타고가게 된다.
인생을 간다고 느끼게 되는 것은
바탈 때문이다.

땅을 파들어 가듯이
자기의 바탈을 파고 들어가는데
인생은 한없이 발전해가는 것이다.
이 바탈을 타고
우리는 하늘에까지 도달한다.

배를 타고 바다를 건너가듯
우리는 바탈을 타고
하늘에 도달한다.
이것이 인생의 가장 즐거운 일이다.

정신을 깨우는 약

밥은 정신을 깨우는 약으로 먹는다.
그래야 이롭다.
그러나 욕심으로 먹으면
독을 먹는 것이나 마찬가지다.
그것은 먹고 사는 것이 아니고
먹고 죽는 것이다.

욕심이란 끝이 없다.
그것은 밑빠진 항아리와 같다.
물을 아무리 부어도 소용이 없다.
그것은 죽음이요 손실뿐이다.

툭하면 눈물이

우리는 자랄 때 젖 먹고 자란다.
우리 얼굴도 젖 먹고 자란다.

눈에 물이 있는 것을 '눈물'이라고 한다.
젖 먹고 자라지 않았으면
눈에 눈물이 없을 것이다.

눈에는 눈물이 많아서 새어 나온다.
툭하면 눈물이 나온다.
그것은 아직 맑지 않기 때문에
나는 눈물이다.

정말 웃으려면

삼라만상에 많은 것이 있지만
바른 것은
하나밖에 없다.
그런데 그야말로
무엇을 보고 웃으려고 한다.
남의 지위를 깔고 앉으려고 한다.

우스운 일, 우스운 노릇을 여기서 하고 있다.
그만 웃어라.
정말 웃으려면
그렇게 웃고 싶으면
절대자 앞에 가서 버젓이
정말 그 앞에 한 번 서 보라.
그렇지 않고서는 다 거짓말이다.

남을 이기면 뭐 합니까?

웃으며 사람 죽인다는 말이
있지 않습니까?

사람은 이해타산으로
싸우기를 좋아하는데
싸울 대상은
자기이지 남입니까?

자기를 이겨야지
남을 이기면 뭐 합니까?

바닷가에 가서야 알았다

달이 차면 기울어지는 것은
하늘의 이치이다.

'조금사리'[20]란
물이 자꾸 살아나온다는 뜻임을
최근에
바닷가에 가서야 알았다.

배운다는 것은
책상 위에서만
배우는 것이 아니다.

---

20) 밀물 썰물 차가 가장 적을 때를 조금, 가장 클 때를 사리라 한다. 다석은 조금
때에서 조금조금 변해가면서 가장 차이가 많아지는 때를 사리라 하는데, 하루도
변하지 않는 날이 없으므로 이런 깨달음을 얻은 것이다.

학문의 시작은

나를 안 자는
형이상도 알고 형이하도 안다.

학문의 시작은
자각부터 이루어진다.

자각이 없는 사람은
아무리 학문을 많이 안다고 해도
그것은 노예에 불과하다.

나 아니면서 내가 될 때

인생이 무상하다는 것은
미숙한 탓이요

인생이 자족하다는 것은
성숙한 탓이다.

인생의 문제는
성숙해질 때 해결된다.

성숙이란 내가 나 아니면서
내가 될 때 이루어진다.

자기가 작다는 표적

자기가 가진 것이 산처럼 많아도
그것을 땅 속에 감추어둔 것이
겸謙 21)이다.

산을 땅 속에 숨겨두는 사람이
겸손한 사람이다.
큰 분의 눈으로 보는
지구의 히말라야도
귤 껍질이 울퉁불퉁한 정도로
밖에 보이지 않을 것이다.

산을 가지고 높다고 운운하는 것은
자기가 작다는 표적이다.

---

21) 겸(謙):겸괘라는 말과 같은 말인데 육십사괘(六十四卦)의 하나. 곤괘(坤卦)와 간
괘(艮卦)가 거듭된 것으로 땅 밑에 산이 있음을 상징한다.

맞은 아이는

요새 사람도 그렇지만
자기의 가난하고 어려운 것만 생각해서
부자는 아무런 걱정도 없는 것처럼 생각한다.

돈이나 권력이 많으니까 걱정이 없는 것 같다.
그러나 그것은 헛된 생각이다.

예부터 양심이라는 것이 있어서
때린 아이는 다리를 구부리고 자지만
맞은 아이는 다리를 펴고 잔다고들 한다.
부자에게도 잠 못 자는 일이 많다.

심지가 꼿꼿하고

'몸성히'는 체조를 통해서
'마음 놓이'는 정조를 통해서
'뜻 태우'는 지조를 통해서
그래서 체조와 정조와 지조가 필요하다.

몸에 기름이 가득 차고
마음에 심지가 꼿꼿하고
정신에 지혜가 빛나는 것이다.

기름 등잔에 기름이 가득차고
심지가 곧장 서고
불빛이 휘황한 것을 생각하면 된다.

정正이 있으면 반反이

실재實在라는 것이 어디 있는가?
실재한다는 것은 하나의 생각이다.
그러니까 예부터 자꾸 하나를 향해
시련의 길을 걷고 있다.

그래서 인생의 역사歷史란
정正이 있으면 반反이 일어나는 것이고,
반이 성하면 반정反正이라는
혁명이 일어난다.

희다 못해

이 세상에는 따뜻한 것도 필요하지만
쌀쌀하게 찬, 얼음장같이 냉철한 것이
좋을 때가 있다.

흰 깃이 아주 희면,
희다 못해 푸른 기가 난다.
눈에는 영롱한 빛이 완연하면
푸른 기가 돈다.

차고 찬, 희고 흰 눈도
지극한 자리에 가면
푸르게 보인다.
그러던 것도 녹아버린다.

백두산 산봉우리에 쌓인 눈도
한 번 떨어지면 녹아버린다.

눈도 녹아 눈물이 된다.
이 눈물은 '참 눈물'이다.

까막눈

까막눈이란 무식하다는 것을
가리킬 때 쓰는 말이다.
눈으로 보기는 하는데
글을 모르는 사람을 까막눈이라고 한다.

그리고 글은 잘 아는데
사물을 제대로 판단하지 못하는 사람도
역시 까막눈이라고 한다.

그리고 사물은 멀쩡하게
판단할 줄을 알면서도
앞뒤를 제대로 가리지 못하는 사람,
말은 뻔지르르하게 잘하면서
도무지 실천하지 못하는 사람도
또한 까막눈이라고 한다.

세 가지

지혜의 통일과
사랑의 평등과
용기의 독립,

이것이
기둥과 들보와 집터다.

통일 평등 독립
이 세 가지로
인격은 성립된다.

먼저 차지해 두었다

기차 안에서 자리가 비어 있어 앉아 있는데
이게 자기 자리라고 비워달라고 한다.
먼저 차지해 두었다는 것이다.
선취권을 가지고 소유를 주장한다.

만일 우리가 우주인의 관념을 가진다면
주소가 어디 있겠는가?
어디에 사느냐고 물으면
우주에 산다고 하면 그뿐이다.

도대체 어디에 사느냐고 묻는 것이 우스운 짓이다.
사는 데가 있다면 사는 것이 아니다.
사는 것이 무엇인지 모르고 하는 소리다.

모르는 채

그믐은 깜깜하다.
세상에서 알 것을 다 알고 가야 하는데
무엇인가 모르고 가게 되면
그믐에 들어가듯 깜깜해진다.
모르는 채 세상을 떠나간 것도 이와 같다.

캄캄한 그믐을 당하면
무엇일까 하다가 보름을 맞는다.

보름이란
둥글고 원만하다.
둥글고 원만한 달도 진다.

사람은 희망을 맛보다가 실망한다.
그러나 실망하다가도 다시 희망을 찾는다.

흔하지가 않다

친숙한 사이에도 의견이 많은데
처음 만난 사람이라도
서로 말을 주고받으며 공명을 느껴
금방 친한 동지가 될 수 있다.

이런 일은 흔하지가 않다.
죽을 때까지 사귈 수 있는 친구도
이렇게 맺어지는 경우가 많다.

위로 위로 올라가는

줄 것을 다 주고
위로 위로
올라가는 것이 죽음이다.

사람이 이 세상에
줄 것이 있어서 나왔다.
돈 있는 사람은 모은 돈을 주고
아는 것이 있는 사람은 지식을 주고
그래서 줄 것을 다 주면
끝을 꽉 맺는다.

3장

'새로운 읽기'다

'새로운 읽기'다

하늘의 무한한
공간 안에 있는 하늘 땅 자연
이 모두가 다 글월이다.
다 편지요, 다 문장이다.
이 글월을 읽게 하는 것은
이승의 버릇을 잃게 하자는데
그 목적이 있다.

이것은 '새로운 읽기'다.
'읽'에서 'ㄱ'은 'ㅎ'을 만나 'ㅋ'이 된다.
'잃'에서 'ㅎ'은 'ㄱ'을 만나 'ㅋ'이 된다.
'ㅎ'과 'ㄱ'의 교환이다.
그것은 곧 '이키'의 교환이다.

하늘 문장을 '읽히'는 것은
철없을 때 하는 버릇을
'잃게' 하자는데 있다.

'읽게' 해주면
저절로 '잃게' 된다.

'일으킨다'는 뜻

'이룩'이란 말은
이룩으로 한다는 말로써
전진의 뜻이 있다.
역사를 이룩한다.
나라를 이룩한다고 할 때 사용한다.

이룩은 이-르-ㄱ
곧 이르킨다는 뜻이니
하늘 생각 일으키는 힘을
부어달라는 말이 되기도 한다.

꿈틀거림

"꿈틀거림"의 '꿈'은
'꿈을 꾼다'는 말이다.

실컷이라는 말

우리는 실컷이라는 말을 꽤나 많이 쓴다.
이 말을 좀 따져보면
이처럼 무엄한 말은 따로 없을 것이다.
이와 비슷한 말로
'좋으면 좋다', '좋으면 좋지'란 말이 있다.

이 말을 자주 쓰는 사람은
아직도 말씀을 모르고 사는 사람이다.
여기를 학교로 치면
그 사람은 낙제생이다.

좋은 것은 다 좋은 것인가?

'좋으면 좋지'란 말에는
허락한다는 뜻이 담겨져 있다.

아무리 귀여운 자식이라도
"너 좋으면 좋지"라고 하여
원하는 대로 다 허락하면,
그에겐 무서운 것이 없게 된다.

너 좋으면 좋다하여
맛있는 것을 달라는 대로 다 먹이면
결국, 배탈이 나고야 만다.

그래도 좋은 것은 다 좋은 것인가?

얼마나 실컷 취하겠는가?

'너 좋으면 좋다'
이런 몹쓸 거짓말이 어디 있느냐?
이 세상은 너 좋으면 좋지
하고 사는 세상이 아니다.
그렇게 되는 세상도 아니다.

좋은 것을 만났다가도
이것을 실컷 가지면
금방 싫어지게 된다.
그러니 좋은 것이라도
얼마나 실컷 취하겠는가?

좋은 일이라도
실컷 지니다 보면 싫어지게 된다.
좋은 것일수록
싫어지는 도가 빨라진다.
반면에 취하기 싫은 것도
좋게 되는 일이 많다.
좋고 싫고는 상대적이다.

새빨간 거짓말

좋은 것이라고 반드시 좋은 것이 아니고
싫은 것이라고 끝까지 싫은 것이 아니다.
싫은 것 중에 좋아지는 조건이 있고
좋은 것 중에 싫어지는 조건이 있다.

이러한 경우를 생각하면
'너 좋으면 좋다'는 말은 새빨간 거짓말이며
그런 것은 세상에 있지도 않다.
너 좋으면 좋은 세상이라면
말씀을 알려고 할 필요가 없다.

말을 배우려고 할 것도 없고
말을 일러줄 것도 없다.
말씀을 이야기할 것도 없다.

좋은 것이 좋게 끝나지 않는다는
사실을 알기 위하여
우리는 가르치고 배우는 것이다.

조히 조히

'조히'22)라는 말은
욕심을 그렇게 많이 내지 않음을 나타낸다.
조급하게 굴지 않는 것을 말한다.
아무리 급해도 '조히 조히'하는 것이다.
그저 그만큼 감사하는 것이다.
'좋게 한다'는 말과는 구별된다.
수선을 떨지 않고 달갑다던지 싫다던지
하지 않는 것이다.

'조히 산다'는 것은 세상을 쉽게 산다든지
평생 빚지지 않고 산다든지
하는 것으로 되지 않는다.
우주 인간에서 참혹한 것을 보지 않고
보기 싫은 것을 보지 않고 사는 것을
'조히 산다'고 하지 않는다.

우리는 이승에서나 저승에서나 '조히조히' 살고 싶다.
그래서 천당이 있는 지도 모른다.
그 천당에서도 조히조히 살아지기를 원한다.

---

22) [부사] [옛말] '깨끗이'의 옛말. (네이버사전)

조히 살아가야

기왕에 어머니 뱃속에서
열 달을 조히 살았으면 잘 나와야 하고
또 이 세상에 나왔으면
조히 살아가야 한다.
그렇다고 나 혼자만 여기서
조히 살면 안 된다.

한 어머니 뱃속에 쌍둥이가 있었다면
나 혼자만 조히 나와서는 안 된다.
다른 쌍둥이마저 함께 나와서
조히 조히 살아가야 하지 않겠는가?

이 세상에는
수 십 억 명의 쌍둥이가 있는데
이들이 모두
조히 조히 살아가는 게
우리의 소원이다.

실없는 소리

"실없다"는 본래 열매가 없다는 말입니다.
남에 대해서 웃어보기 좋아하는
못된 버릇이
인간에게는 있습니다.

친구 간에 실없는 소리를 하고
얼버무려 웃는 말을 씁니다.

실제 웃어가면서
우스운 말을 써 가면서
싸움을 한다는 말입니다.

땅에 버리고 갈 말

이젠 '실컷', '좋으면 좋지' 따위 말은
내던지고 살아가면 좋겠다.

'따위'의 '따'가
땅地에 통하는 것을 보라.
'실컷' 따위의 말은
이 땅 위에서나 쓰는 말이다.

세상을 생리적으로 사는데서 나온 말인데
이 따위 말은 땅에 버리고 갈 말이다.
영원히 가지고 갈 말이 결코, 아니다.

하늘에서 어울려서 내려온
한 줄의 말씀, 곧 예수의 말씀,
그것 밖에 더 할 말이 없다.
여기에서 더 나아가 중언부언 하게 되면
악으로 나가게 된다.

우리는 무엇이나 '실컷' 해 보고 싶고
실컷 누려보고 싶어 하고
실컷 먹어보려 한다.
도대체 양을 얼마만큼이나 넓혀놨기에
그렇게 실컷 먹는가?
양이라는 것은 정해져 있는 것이다.

"실컷 먹어봤으면 …"
다 가엾은 소리이다.

이상한 말은 찾지 말라

실컷 따위의 말은
심판받을 수밖에 없는 말이다.

'조히 한 얼줄'[23]은
성경이며 생명이다.
영원히 이 한 줄을 붙잡고
조히 조히 살아가는 것이다.
이상한 말은 찾지 말라.

가장 평범하고
일반적인 것을 찾으라.
여기에 내놓은 말도
어려운 말이 아니다.

---

23) 한글에 목숨줄, 생명줄, 얼줄, 등이 있다. 다석은 우리 정신의 줄을 잡고 간다는
    의미로 얼줄이란 말을 중요시했다.

이제 우리는 자각하여
'조히 한 얼줄'에 다달아야 한다.

실컷 따위의 말은 땅에 버리고
깨끗하게 '조히 한 얼줄'을 잡아야 한다.

무슨 유익이 있습니까?

세상에는 '남 우슴'
남 우위에 서려고 하는 사람이 참 많습니다.

온 세상을 깔고 앉아 보아도
자기를 이기지 못하면
무슨 유익이 있습니까?

자기를 이기지 못하면 생명은 없습니다.
세상을 깔고 앉은
죽은 송장의 썩은 싸움입니다.

그런 고로
님께서 나 있음을 말씀하시었는데
님의 말씀을 따라
차츰차츰 우리가 보고 싶은 것을
찾아보자는 말입니다.

빌고 바라는 것은

가진 게 많은 이들은
좋은 날을 즐기겠지만
우리는 싫은 날, 궂은 날,
비바람 부는 날을 살 수밖에 없다.

비바람 부는 날 기도하기란 참 어렵다.
늘 희망을 가진다는 것도 어렵다.
빌고 바라는 것이 어렵지만
이것은 꼭 필요하다.
비 안 오고 바람 아니 불 때 제단을 쌓고
"바람 불어지이다", "비 와지이다" 하고
우리는 바란다.

우리들이 빌고 바라는 것이
비바람이다.
이것이 다름 아닌 말씀이다.
말씀은 따르지 않을 수 없다.

우리를 살리기 위해 애쓴

무엇이 어쩌니 해도
내 마음을 보나 내 집안을 보나
세상에 대해서 사회에 대해서
도적질한 일은 한 번도 없다,
이날 이때까지 조히 조히 살아왔다.
감사해야 할 일이다.

여기에서 오늘
우리가 만나 이야기하는 것도 감사할 일이다.
우리가 한가한 품을 내는 데는
우리를 대신 해서 일한
집안 식구의 수고가 있다.

우리가 오늘 이때까지
건강하게 살아온 까닭은
우리들보다 더한 괴로움을 당하면서
우리를 살리기 위해 애쓴
앞서간 사람들의 은혜 때문이다.

하늘하늘

우리말에 땅은 '딴딴'하고
하늘은 '하늘하늘'하다고 되어져 있다.

이 말이 있다는 것은
딴딴한 것을 좋아한다는 것을 나타낸다.
좋아하지 않는 것은 나타나지도 않는다.
딴딴한 것은 무엇이나 다 훌륭한 것으로 본다.

실컷 따위의 말을 버리고
한 얼줄을 붙잡고 살 것인가?
아니면 이것을 잡지 않고
실컷 따위의 말을
돌멩이처럼 딴딴하고 확실하다 해서
그것을 붙들고 살아야 할 것인가?

하늘하늘한 하늘에서

이 사람은 궤변을 말하기 때문에
점점 알 수 없게 되는지 모르겠다.
그런데 이 세상에 있는 것은
모두 확실하다고 한다.
보고 듣고 만지는 것이
확실하다고 한다.

땅 위에 있는 것이 확실하다면
그것은 딴딴한가?
확실한 것은 땅덩어리와 같이
딴딴하게 있다고 한다.
반면 하늘은 못 믿게 생겼다고 한다.
하늘이라면 어느 하늘이라도 보기에는 좋다.

그러나 하늘이 좋은 것이 못 된다.
하늘은 하늘하늘 하기 때문에
믿기 어렵다.
똑똑한 곳에서 살아야지
하늘하늘한 하늘에서 어떻게 사느냐고 한다.

새로운 나만이

빛보다 빨리 달리는 나만이
매일 새롭고
또 새로운 나만이
나라고 할 수 있다.

그래서
'나는 나란다'라고 말한다.
나의 그림자가 나란다.

얼굴 골짜기

얼굴을 보니
그 골짜기가 한없이 깊다.
얼굴 뒤에 골이 있듯이
골이라는 골짜기가
여간 깊은 골짜기가 아니다.

소뇌 대뇌를 너머
우주의 무한한 신비가
얼굴 뒤로 연결되어 있다.
생각하고 생각해 가면
우주의 별 하늘이 문제가 안 된다.

별 하늘 뒤에 뒤에
천천만만의 별 하늘이 있고
그 뒤에 생각의 바다가 있고
신의 보좌가 있고
얼굴의 골짜기는 한없이 깊다.

그 깊고 그윽한 곳에
얼굴의 주인인
진짜 얼이 계신 것이다.

없이 있는

나라는 역사적으로 계속 발달되고
새로워져야 한다.
나라라는 국가도
하나의 생명력이 강한
생명체가 되기를 바란다.
국가도 이름이 없어야 한다.
이름질 수가 없다.

이름 없는 나라만이
참 나라라고 뽐낼 수 있는 나라다.
그런데 우리나라는 한국이라고 한다.
한이란 말도 없이 있는 것이다.
없이 있는 것이 하나다.
무와 유가 부딪치는 것이 하나다.

나와 나라는 같은 것이다

나야말로
그릇에 담은 보자기요
속알 실은 수레다.

나를 아는 길은
나를 확대한 나라를
보아야 한다.

나는 오직 나로 나란다.
나와 나라는
같은 것이다.

곧 비워놔야지

'되升'는 될 것 다 돼서
곧 비워놔야지
다음 될 것이 될 수 있다.
될 것 자꾸 되어
넘기는 것이 화和이다.

중용이라는 것도 될 것 다 되고
바로 넘긴다는 뜻이다.
여기에서 우리는
그동안 우리의 존재를
됫박으로 알아야 한다는 사실이다.

됫박은 늘 비워두어야 한다.
그래야 다음에 금방 될 수 있다.
될 것을 되면
금방 넘겨야 한다.

맨 처음이 그리워서

맨 처음이 그리워서
찾음이 사람이다.
맨 첨이란
맨 참이나 같은 말이다.
맨 처음이 맨 참이오,
맨 참이 맨 처음이다.

맨이란 순純이란 말이다.
순수한 진리는 산골짜기에서
흘러나오는 샘물처럼 맨 처음이다.
맨밥하면 팥이나 콩이
섞이지 않은 흰밥을
맨밥이라고 한다.

그러니까
맨 참은
순수한 참이다.

이름은 이름대로 살고

이름이란 반드시 거기에
'이룸'이라는 것이 있다.
이름에는 이루었다는
뜻이 포함되어 있다.

신이 이르는데 들어가야
이름은 이름대로 살고
이룰 것 이루게 되는데
무작정 이름을 부르는 것은
그 이름과 아무런
상관이 없는 것이다.

속알을 밝혀야

사람이 사람 노릇하려면
무엇보다도 속알을 밝혀야 한다.
자꾸 밝혀나가야 한다.

더욱이란
우로 들어 올린다는 뜻이다.
욱은 우로 올라간다는 것을
강조해서
ㄱ을 붙인 것으로 읽어야 한다.

그래서
더욱은 '더 우로!'가 된다.

깬다는 것은

깬다는 것은
습관을
벗어난다는 것이다.

무거운 짐은
습관이요
게으름도 습관이다.

인생의 비밀

중심을 잡고 바로 사는 것
이것이 인생의 비밀이다.
내쉬고 들이쉬는 것이 호흡인데
호흡이야말로 하나의 소식이다.

소식이라면 편지라는 말이 되는데
인생이라는 것도
하나의 맛과 뜻을 드러내는
하나의 편지다.

끄트머리를 드러낸 것

땅 밑의 싹이
하늘 높이
태양이 그리워서
그 그 그 하고
터져 나오는 것을
그린 것이 긋이요,

그것이 터 나와서
끄트머리를
드러낸 것이
끝이요,

끝에 나왔다고
나다.

남을 보기 전에 나를

우선 남을 보기 전에
나를 보아야 한다.
거울을 들고
나를 보아야 한다.

거울이 옛날부터 내려오는
말씀이요 경經이요 거울이다.
이 거울 속에
내가 있다.

말씀이 바로
나이다.
가온찍기24)는 결국
말씀풀이다.

24) 가온찍기「ㆍ」는 다석의 중요한 사상 중에 하나로 기억(ㄱ)은 니은(ㄴ)을 그리고, 니은(ㄴ)은 기억(ㄱ)을 높이는데 그 가운데 한 점을 찍는다. 영원히 가고가고 영원히 오고 오는 그 한복판을 탁 찍는 것이다. 가온찍기「ㆍ」야말로 진리를 깨닫고 찰나 속에 영원을 만나는 순간이다. 그래서 생각하고 또 생각하고 하늘을 그리워하고 또 그리워하며 가온찍기「ㆍ」가 인생의 핵심이다. 그러나 깨닫는 가온찍기「ㆍ」로 끝나는 것은 아니다. 끝끝내 표현해 보고 또 표현해 보고 나타내 보고 나타내 보여야 한다. 내가 내 속알을 그려보고 내가 참나를 만나보는 것이 끝끝내이다.

모름을 꼭 지켜야

나는 모름지기라는 우리말을 좋아한다.
모름지기는 반드시 꼭이란 말이다.
사람은 모름을 꼭 지켜야 한다.

아버지를 다 알겠다는 것은
말이 안 된다.
아무리 아들이 위대해도
아버지를 알 수는 없다.
그것은 차원이 다르기 때문이다.

아들은 아버지를 알 수가 없다.
그러나 인간이 아버지 그리워함은
막을 길이 없다.

아버지 속에서 나온 것

젊어서는 범을 잡았는데
지금은 꼼짝 못 한다면
그것이 노쇠한 것이지 무엇이냐?
매일매일 더 젊어져야
나도 나라이지
늙어지면 그것은
나도 아니고 나라도 아니다.

우리는 조상이야기는 그만두고
아들 딸 손녀 손자 자랑을 해야 한다.

부모보다 나아야
나은 아버지 속에서 나온 것이지
아버지만 못하면 나도 아니다.

아버지를 발견할 때

생각으로나 말로나
도저히 알 수 없는 것이 사랑이다.

사람은 어떻게 이 사랑에 참여하느냐
그것은 사람은 긋이기 때문에
긋은 절대자를 찾게 되는 것이
어쩔 수 없는 것이다.

아버지가 아들을 낳아서
아버지가 되는 것이 아니라
아들이 아버지를 발견할 때
아버지가 되는 것이다.

계속 굴러가는 것이

나는 부모보단 나은 자식이다.
내가 부모보다
나을 수 있는 까닭은
속알[25] 실은 수레이기 때문이다.

내 몸은 수레지만
내 정신은 속알이다.
속알이란 덕德이라는 한문의 번역인데
창조적 지성이란 말이다.

솟구쳐 올라가는
앞으로 나아가는 지성이 속알이다.
마치 구슬처럼
계속 굴러가는 것이 나다.

---

25) [명사] [방언] '알맹이'의 평북방언. (네이버사전)

길의 정신

'길'에는
또 기른다는 뜻이 있는데
이 동사에서
자란다는 뜻도 생긴다.

우리의 몸이란
점점 자라다가
어느 한계에 이르지만
마음은 보이지 않게
무한히 성장할 수가 있다.

마음이 무한히
자라는 것이
곧 길의 정신이며
이치이며 진리이다.

통해야 살고

나는 언제나 코에 숨이 통하고
귀에 말이 통하고
우리 마음의 생각이 통하고
우리 영혼의 신이 통하는 삶을
생명이라고 한다.

생명은 통해야 살고
막히면 죽는다.

숨이 끊어질 때까지

'손수 나린 예수 예수',
여기서 '예수'가
그리스도 예수와 통하는 것이 재미있다.
소리가 같은 것이 이상하다.

'예'는 '이어 이어'가 합쳐서 된 것이고,
'수'는 능력을 가리킨다.
손수 나린 여기의 이 재주와 능력이다.
매 손가락에 내려온 재주와 능력,
위로부터 한량없이 내리는 '수'가
숨이 끊어질 때까지 계속된다.

손수 내리는 그 힘이
지금도 자꾸자꾸 내린다.
나는 이것을 믿는다.

'조히조히'한 얼굴로

이 사람은 십자가에서 흘린 피로서
온 무리가 사함을 받는 것을 믿는다.
이것이 '조히조히'한 얼굴로 나타난
정신이라고 생각한다.
이것이 성경의 본 뜻이다.

그런데 손수 나린 이 '수'는 사람의 손에 있다.
우리가 손을 깨끗하게 하는 이유도 여기에 있다.
'이 손 있 손' 이 손에 있을 손이라는 것이다.

'손 맞아 드리울 손',
손을 마주해서合掌 위로 들어 올리는 것,
곧 기도를 올리는 것을 뜻한다.

참을 아는 사람은

참 말씀을 알고 말씀을 하려는 사람은
그 가슴 속에 생각의 불꽃이
타오르고 있는 사람이다.
자꾸 일어나는 참의 불꽃이 있어
그것이 말씀으로 타오르는 것이다.

그래서 참을 아는 사람은
말을 뱉어내고 싶어한다.
그런데 나는 가끔 문제가
별로 없다고 말하는데
그것은 다만 하나만을
문제로 삼고 있기 때문이다.

따라서 말씀이란 것도
결국, 하나 밖에 없다.

이르는 데를 알면

내가 주역에서 좋아하는 말이 있는데
그것은 지지지지知止至之 26)라는 것이다.
이르는 데를 알게 되면知至
거기에 이르도록至之
참 노력을 하는 것을 뜻한다.

'이르다'라고 하지 않고
'이룩한다'하면
지至의 뜻에 좀 가깝다.

무엇이든지 '지'至하고
'지'至하면 올라가게 된다.
즉 이룩해서 일으킬 것이다.
이렇게 닿는 지止를 알면
철저히 노력하게 될 것이다.

---

26) 주역 건괘(乾卦) 문언전(文言傳)에 나오는 말이다. '知至至之 可與幾也 知終終之 可與存義(지지지지 가여기야 지종종지 가여존의)', 이를 줄을 알고 이르니 더불어 기미(幾微)를 알 수 있고, 마칠 줄을 알고 마치니 더불어 의리를 보존할 수 있다.

뿌리로 들어가는 길

내 마음에 떠오른 즉흥적인 글월이란
'차마 말 못 할 사랑으로 천지가 창조되었고
그 가운데 버려진 삼라만상은 참 좋아라'이다.

그 속에서 작은 인간인 내가
영원을 그리면서 한없이 방황하는데
근본을 찾고 영원을 쫓는
날개의 힘은 너무도 희미하다.

그러나 생각을 추리하여
영원에 들어가는 길은
자기의 속알을 깨치고
자기의 뿌리로 들어가는 길밖에 없다.

아무 것도 모르면서 아는 채 헤맴은
어리석고 죽은 것이요
아무 것도 모르는 자기임을 정말 깨닫고
찰라 속에 영원을 찾는 것이 믿음이리라.

신神에 드는 일

궁신지화27)하려는 정신의 움직임
그것이 곧 신에 드는 일이며
그것이 곧 참이다.

맴마음에서 떠나 자유가 되고
몸에서 떠나 평등이 된다

자유는 궁신에서 오고
평등은 지화에서 온다.

---

27) 궁신지화(窮神知化): 주역 계사전에 나오는 말이다.

근본인 나를 모르고

오늘날에는 옛날보다
사회가 유기체라는 말을 더 많이 한다.

그런데 자살과 같은
슬픈 현상들이
많이 일어나는 것을 보면
유기체가 어디에 고장이 나거나
어디가 잘못되어 있다는 것을 알 수 있다.

또 알아야 되는 일이
알려지지 않고 있으니
참으로 답답한 노릇이다.
나라는 것을 모르고서
어떻게 사회에 사랑이 깃들 수 있겠는가?

이 사랑이 있어야만
사회가 유기체로 돌아갈 수 있는데
근본인 나를 모르고 있는 사회는
유기체가 될 수 없다.

어디가 아픈 것인지
어디가 쓰라린 것인지
어디가 가려운 곳이고
어디가 한스러운 것인지
전혀 모르면서
어떻게 사회가 유기체로서
돌아갈 수가 있겠는가 말이다.

4장

이 깃에 기쁨이

이 깃에 기쁨이

사는 것은 언제나 이제 사는 것이고
생각은 언제나 초월하는 것이기 때문에
날아가기 마련인데
이제 즉흥적으로
굿이 나와 점이 찍혔으니
이제 삭혀진 이 글을 풀어
날아가는 것이 깃이요
이 깃에 기쁨이 있는 것은 말할 것도 없다.

굿에서 깃이 나오고
깃에서 기쁨이 나온다.
이런 삶이 기쁜 삶이다.
땅에 싹이 트듯
사람에게서 즉흥적으로 난 생각
이것이 굿이다.

나는 이 굿에 도취하여
오는 시간을 잊을 수가 있었다.

깃이란 말은

인생도 하나의
깃이요 날개이다.
처음을 찾아 한없이
날아오르려고 하는
한 마리 새 깃이라고 할 수 있다.

우리말로 깃이란 말은
분깃이란 말이다.
자기의 분수라는 말이다.
인간은 굿이요 깃이다.
인간은 명확하게
자기의 한계 분수
깃을 가지고 있다.

자기가 다듬어야

인간은 아무리 적어도
날개가 달린
자유 존재라는 것도
알아두어야 한다.

깃은 날개요 집이란 뜻도 있다.
나는 아무리 적어도
집을 가진 존재이다.

자기 집은 자기가 다듬고
자기 깃은 자기가
다듬어야 한다.

파리처럼 자기 날개를
언제나 다듬어야 한다.

이 깃은 인권의 깃이다.

이 긋을 갖고 사는 것

우리가 할 것은
결국,
가온찌기 밖에 없다.

말씀에 점을 찍고
결국은
모든 말씀이 개념화되어
가장 짧은 말로
줄어든 것이 나다.

내가 가온찌기다.
가온찌기가 긋28)이다.
이제 이 긋을 갖고
사는 것뿐이다.

---

28) [명사] '획(劃)'의 옛말. (네이버사전)

막대기 위에 기억은

긋은 글자를 가로 그은 막대기
그것은 세상인데
막대기 밑에 시옷은 사람들이다.
막대기 위에 기억은
하늘에서 온 정신인데
그 정신이 땅에 부딪혀 생긴 것이 사람이다.

정신이 육체를 쓴 것이 사람이다.
사람의 생명은 정신이다.
이 정신 긋이 제긋이요
그것이 나다.
나는 이제 실제로 여기 있는
이제 긋이다.

우리는 예 있다

우리는 예[29] 있다.

예는 지역도 되지만

이어이어온 시간도 된다.

이어이어 와서

예 도달한 아버지 아들인 나다.

우리 숨줄은 하늘에서부터 내려온 나다.

그래서 제일 중요한 것이 있다면

우리의 숨줄 영원한 생명줄을 붙잡는 것이다.

이것이 이 긋이다.

긋은 숨줄 끗이다.

이 숨줄 끗을 붙잡는 것이 가온찌기다.

---

29) 예:[대명사] '여기(말하는 이에게 가까운 곳을 가리키는 지시 대명사)'의 준말.
(네이버 사전)

배를 차고 나와서

우리가 살고 있는 이 생명이 확실한 것인지
우리는 모르고 있다.
죽는 것 역시 모른다.
죽는다고 해서 죽어 없어지는 것도 아니고,
우리 어머니 뱃속에서 나와 살고 있는 이것이
사는 것이라고 할 수도 없다.

또 여기를 떠난다고 죽는 것이 아니다.
배를 갈아타는 것일 뿐이다.
이 사람은 60여 년 전에
어머니의 배를 차고 나와서
지금 지구라는 어머니의 뱃속에 있다.
머지않아 이 배를 버리고
다른 배를 타게 될 것이다.

이어져서 나타나게

예수가 골고다 산상에서 흘린 그 '피'를
내가 찾고 있는 것인지 어쩐지 모르겠으나
여기에 어떤 관계가 있지 않나 생각해 본다.

이어이어 내려진 그 능력이
예수와 나를 이어지게 한 지도 모른다.
그러나 그것은 피 흘렸다는
사실만으로 된 것은 아니다.

예수 그리스도 역시 절대자에게
이어져서 나타나게 되는데
그 모양은 같다고 생각된다.

그런 뜻에서 우리는 역사적으로
예수에게 이어져서
현재에도 산 능력을
내려 받게 된다고 할 수 있다.

자라라 자라라

외손주 하나를 이번에 데려다 길러보는데
젖 먹고 자는 그 얼굴은
세상의 무엇에도 비할 수 없다.

참으로 평화상이 있다면
이 아기의 잠자는 얼굴일 것이다.
세상 모르고 자는 그 얼굴을 보면
참으로 생명 율동이 느껴진다.
풍만한 생명의 율동이다.

'잠자라' 라는 말은
'자라라 자라라' 하는 것이다.
'잠을 자라 잠을 자면 자란다'는 뜻으로
'잠자라 잠자라' 합니다.

잠을 자는데 생명은 자라난다.
야단맞으며 운동하는 것보다
잠자며 자라는 것이
더 온전히 자랄 것이다.
식물이 그러하고 동물이 그렇다.

잠자는 아기는
영원과 관계가 있다.
잠자며 자라는 생명의 율동이야말로
귀엽게 느껴지지 않느냐?

본래의 자리에 들어가고 싶다

우리는 영원히 가지 못하지만

영원히 가고 싶다.

영원히 하늘에 가고 싶은 것이다.

그렇다면 불가능을 능욕하는 것이 되지 않겠는가?

나는 이 점에서 생각하는 것이 있다.

어쩐지 제대로 온전히 되는데 서보고 싶다.

왠지 그것이 기다려진다.

본래의 자리에 들어가고 싶다.

대학을 나오면 대학원에 들어가고 싶듯이

아직도 부족을 느끼면

자기 목적을 위해서

더 연구하고 싶은 것이다.

그러나 이것은 서둘러서는 안 된다.
참을 수 없으면 급하게 굴게 된다.
천천히 찾아가면서 가는 사람이
바른 것을 찾는 것이다.
급하게 서둘러서
불가능을 가능하게 하려하니까
결국에는 피까지 흘리게 된다.
불가능을 가능케 하려고 하는데
정말 세상을
바로 되도록 해야 되겠는데
어쨌든 이것 또한
사람의 길이고 하늘의 길인데
좀 더디더라도
급하게 서두르면 안 된다.

디딜 것을 디디고

지선至善의 지至와
지지知止의 '지知' 자가 따로 생각된다.
'지止'는 목적이다.
궁극에 가서는 그 '지止'에 도달한다.
그 자리에 가는 것을 알려고 하는 것이 지지知止이다.

거기에는 소소한 번뇌를
버리는 것만 아니고
본래 있던 목적을 찾아 가면
저절로 온갖 번뇌는 사라지게 된다.

그래서 '지止'는
아주 높게도 낮게도 정할 수 있다.
따라서 지지知止는 대단히 어려운 자리다.
사람이 지知의 경지에 가면
완전히 디딜 것을 디디고 멈춘다.[30]

---

30) 이것은 주역에 나오는 지어지선에 대한 다석의 설명이다.

내 생명 내가 산다

이 사람은 자꾸 따져보는 버릇이 있다.
이 해가 저무는 데 한 일이라고는 없고
그저 경전을 들여다 본 것 밖에는 없다.
올해는 대학大學 31)을 보면서 생각을 해 보았다.
그러나 대학이 무엇이냐고 물으면
꼭 집어서 말할 만큼 얻은 것이 없다.

오늘은 어떻게 해서라도
대학에 대해 따져 보기로 한다.
우선 시경詩經은 한마디로
'생각에 간사한 것'이 없다는 것이다.
주역周易에는
'내 생명 내가 산다'라는 말이 있다.
내 생명 내가 산다는 것이
주역이라고 한마디로 말할 수 있다.
이처럼 내게는 주역이라면
무엇인가 잡히는 것이 있는 것 같은데
대학은 이제까지 생각해도 모르는 것이 많다.

---

31) 대학: 중국 사서(논어, 맹자, 대학, 중용)의 하나.
   시경: 중국 최고의 시집(서경, 시경, 주역, 예기, 춘추)오경 중 하나.
   주역: 유교의 경전인 삼경(시경, 서경, 주역)의 하나.

계시다

공자는 말하기를
제를 지낼 때는
받을 분이 꼭 있는 것처럼 하라고 했다.
나는 이번 아버님 기일을 맞아
그날 밖으로 나가
어려운 사람을 도와주기로 했다.
이러한 일을 할 때도
공자의 말대로
돌아가신 분이 계신 것같이 해야 한다.

사실 '계시는 것 같다'보다
'계시다'고 해야 한다.
그래야 계시는 것이 된다.
그런데 '같다'는 말과 '갔다'는 말은
같은 뜻이 있는 줄 안다.

부모가 계신 것 같다는 것은
부모가 계신 그곳에 갔다는 뜻이 된다.

거저 깨나지 않는다

내 생각이 예 있다는 것을 알고
내 생각을 살려가야 한다

생각은 사랑이 있을 때 피어나는
하나의 정신의 불꽃이라는 것이다.

사랑의 정신으로 꽃피울 때
정말 불꽃이 되어 살아나오는 것이 생각이다.
나는 바로 정신이다.

정신이 깨나고 정신에 불이 붙어야 한다.
정신은 거저 깨나지 않는다.
간난고초를 겪은 끝에만 정신이 깨어난다.

생각이 문제가 아니고 정신이 문제다.
불이 문제가 아니고 나무가 문제다.

나무가 말라야 불이 붙는다.
정신이 통일되어야 불이 붙는다.
분열된 정신은 연기만 난다.

자연대로 되게

서양에서는
자연을 정복해야
잘 살 수 있다고 하는 생각이 있는데
동양에서는
그런 소리 하지 않는다.

인간을 자연의 한 부분으로 생각한다.
자연은 자연대로 되게 하는 것이지
자연을 사람이 정복하게 할 수는 없다.
마찬가지로 맘은 맘대로
몸은 몸대로 되게 해야 한다.

임으로서의 이마

우리의 정신이 위로 올라간다.
이 머리의 이마가
앞잡이 노릇을 하고 위로 올라간다.

내가 살고
사람들을 만나 이야기하는 것은
내 자신인데,
이것을 할 수 있는 것을
머리라 한다.

그런데 이 머리를 깔고 앉을 수 있는 것은
절대자만이 한다.
이마는 내 임으로시의 이마다.

괴변일지 모르나
말을 겹쳐 쓰면
뜻이 깊어진다.

소리없이 고이고이

하늘에 머리를 두고
아름답게 사는 사람은
올라가는데
아무런 소리 없이
고이고이 올라간다.

덕스러운 사람은

덕이란 속알의 아름다움인데
덕스러운 사람은
지혜, 정신, 인격이 충만한 사람이다.

그런 사람은 무엇을 생각 없이
가까이 하던가
멀리 하던가 하지 않는다.

지나치게 친절히 하는 것도 잘못이고
지나치게 무시하는 것도 잘못이다.
이 둘은 속알이 부족한데서 일어난다.

사람은 너무 친근하게 하지도 말고,
사람을 너무 모욕하고 멸시하지도 말고,
인간관계를 덕스럽게 할 수 있어야
속알의 아름다움이 드러난다.

울고 물으면서

거짓 세상을 울고
참의 세계를 물으면서
세상의 잘못을 모두 내 책임으로
이마라고 말하는 임은
세상의 짐을 지고 가는
큰 아들의 모습 같기도 하다.
정말 정신의 구세주임에는 틀림없다.

정신은 울고 물으면서
대하는 님이다.

얼굴은 드러내어

얼굴만은 내 놓으라하고 보이고 싶어서
간판모양으로 늘 내놓고 다니는 것이 아닐까
얼굴만은 번듯하게 몸 위 꼭대기에
내놓여지기 때문이다.

얼굴만은 무엇이 묻을새라 닦고 씻고
얼굴만은 조화가 잡히도록 그리고 바르고
사람에게 있어서 보일 것은 얼굴뿐이다.
그래서 옷으로 몸은 감추고
아무리 추워도 얼굴은 드러내어
보이는 것인지도 모르겠다.

사람들은 얼굴을 보고 점을 치고
얼굴을 보고 인물을 평가하고
얼굴을 보고 잘 생겼다는 등
못 생겼다는 둥 하고 야단이고
얼굴만은 누구나 번듯하게
드러내어놓고 보이려고 함은
그것이 몸보다 훨씬 중요한
마음이 드러나서 그런가 보다.

틀린 소견이다

사람은 욕심만으로 사는 것이 아니다.
농사 짓는데 심어놓은 사람과
거두는 사람이 함께 참여한다.
심었으니 내 것이라 할 수 없고
거두었으니 내 것이라 할 수 없다.

그저 먹고 지내겠다는
생각도 잘못이고
편안히 먹겠다는 것도 착각이다.
사람들은 무엇이나
소용이 있어서 하고
그렇지 않으면 안 하려고 하지만
이것은 틀린 소견이다.

자기가 먹고 입는 것이
모두 자기 혼자의 힘으로
된 것은 아니다.

무한한 시공간에서 모든 것이
다 합쳐서 공급해준 것을
우리는 받아서 산다.
우리는 여기에 참여해서
조금 일할 뿐이다.
그리고 장차를 위해 한다.

자기가 다 먹고 쓰려고
그런 것은 아니다.
이런 생각을 가지면
좀처럼 미끄러지는 일이
없을 것이다.

어디에서도 잘 수 있고

우주 공간에 태어난 것으로 알면
어디에서도 잘 수 있고
어떤 음식도 먹을 수 있는 것이다.

한 우주인으로서 잠은 어디에서도 잘 수 있고
먹는 것은 아무 것이나
먹을 수 있어야 할 것이다.

적어도 태극천하 그 어디에 갖다 놓아도
나는 살 수 있다고
할 수 있게 되어야 하지 않겠는가?

참은 처음에

말은 그만두고 실지로 행함이
아마 참을 찾는 첩경일 것이다.
참 찾아 올라감이 이기는 길이다,

참은 처음에 있다.
태초로 가야 참을 만난다.

정의가 최후 승리를 한다는 말처럼
참 찾아 올라가는 길이 이기는 길이요
자기를 이기는 것이 승리이다.

남을 이김은 나, 남을 죽임이요
자기를 이김은 승리요 생명이다.

고정하면 죽는다

'나'라는 것은 하나의 국가다.
국가란 국회가 있고 행정부가 있고
사법부가 있는 하나의 유기체다.
나도 지知가 있고 정情이 있고 의義가 있는
하나의 유기체다.

국가는 목적을 가지고 발전해가듯이
나도 인격의 완성을 목적으로 하여
무한히 발전해가는 하나의 생명이다.

국가는 목적을 가지고 발전해가듯이
나도 인격의 완성을 목적으로 하여
무한히 발전해가는 하나의 생명이다.

생명은 고정할 수가 없다.
고정하면 죽는다.
발전해가는 것에 이름은 있을 수 없다.
이름은 고정된 개념이기 때문이다.

큰 것이 부러워서

왜 대한大韓이라고 하지?
큰 것이 부러워서 그럴까?
큰 것은 이미 우상이지 생명은 아니다.

커야 대접받는 줄 알지만
겸손한 사람이 대접받는다.
교만한 사람은 욕바가지다.

생각해서 밑지는 것이

좋은 사상은 내 생명을 약동하게 한다.
남의 말을 들어도 시원하다.
생각처럼 귀한 것은 없다.
생각해서 밑지는 것이 무엇일까?
아무 것도 없다.

생각 가운데도 거룩한 생각
그것이 향기라
바람만 통해도 시원한데
거룩한 향기가 뿜어 나오는 바람이
불어오면 얼마나 시원한가?

시원한 생각, 시원한 말씀이
불어가게 하라.

현재를 비판할 줄 모르면

육체는 때요 시간이요
정신은 생명이요 깨끗이다.
인생이 무력하면 우리 민족이 무력해진다.

인생이 무력해지는 원인이 셋이 있다.
사람은 과거 현재 미래 일을 잘 보아야 한다.
과거는 과장하지 말라.
지나간 일은 허물이다.

나는 조상보다 낫다.
나는 누구냐? 족보를 들추지 말라.
죽은 이들은 가만 묻어두라.
족보를 들치고 과거를 들추는 것은
무력한 증거다.

현재를 비판하라.
학문을 통해서 현재를 비판할 줄 모르면
현재는 죽어버린다.

사람 죽이기를 싫어하는

우리가 할 것은
남에게 짐을 떠맡기자는 것이 아니라
내가 책임을 대신 지겠다는 생각을 해야 한다.
책임을 남에게 전가하는 것이 아니라
내가 책임을 대신 지겠다는 것이다.

내가 이기고 남을 타고 누르는 것이 아니라
내가 지고 남을 업고 가겠다는 것이다.

혁명을 해도 무혈혁명을 해야지
피를 흘리고 혁명을 하겠다는 생각은
악마의 생각이다.

나는 이런 생각을 해 본다.
천하는 누구를 살기 좋게 만들 것인가?
옛날 유왕과 려왕[32]이 죽을 때
사람들이 많이 같이 묻혔고

---

32) 유왕: 중국 주나라 12대 왕. 황후와 황태자를 폐위시키고, 방자한 짓을 행하여
    외척 신후(申侯)에게 살해됨.
    려왕: 중국 주나라 10대 왕. 국인폭동(國人暴動)으로 왕위에서 쫓겨남.

팽덕희33)같은 자가 자기 백성을 학살하여

인해전술을 도모하겠다는 폭언도 하니

이것은 백성을 그냥 산과 들에 내다 버리는 것이다.

옛날 공자도

백성을 가르치지 않고 전쟁을 하면

백성의 생명을 버리는 것이라고 했고

문왕34)은 백성의 피를 흘리지 않으려고

전쟁할 결심은 못 하고

사람 살지 않는 곳으로 이민했다고 한다.

백성 버리기를 꺼린 것이 공자요

전쟁을 결단 못 한 것이 문왕이다.

천하에 사람 죽이기를 싫어하는 어진 사람만이

천하를 통일할 수 있다는 것이다.

---

33) 팽덕회: 중국 공산당 간부. 6 25전쟁 당시 중공군 70만을 이끌고 인해전술로 북
한군과 합세함.

34) 문왕: 중국 주나라 왕. 어진 정치를 베풀고, 노인을 공경하고, 어린이를 아끼고,
유능한 선비를 예의로 대우했다. 그는 자기 집안부터 시작하여 위로는 부모에게
아침저녁으로 문안을 드리는 등 효성을 다했으며, 아래로는 처자형제에게도 이
를 엄격하게 따를 것을 요구하면서 전 가족의 모범이 되었다. 자신의 대가족을
핵심으로 삼아 강력한 응집력을 형성해가면서 부족을 단결시키고 내부를 튼튼
하게 다져갔다. [네이버 지식백과]

그것이 그것으로 있도록

무엇이건 호기심으로 되어서는 안 된다.
호기심이 아니라 진리를 파악해서
생명을 완성시켜 주어야 한다.
물성을 알아서
그것을 온전히 이르도록 해주는 것이다.

물건은 내가 탐내어
소유하는 것이 아니라
그것이 그것으로 있도록
완성시켜 주는 것이다.

소유가 아니고 존재이다.
물건을 완성시켜야 나도 완성된다.
나의 속알이 성숙해진다.

죽음이란 고치를 만들고

우리 생명은 목숨인데
목숨은 말씀하고 바꿔 놓을 수 있다.
공자를 논어와 바꾸어 놓는 것처럼 말이다.

하여튼 죽음이란 고치를 만들고
그 속에 들어가는 것이다.
우리에게서 생각이 끊이지 않고
말씀이 끊이지 않는 것은
누에가 실을 뽑는 것이다.

그리하여 목숨은
말씀 속에 들어가게 된다.
이것이 인생이다.

목숨 키우기 위해

밥 먹는 것도 잠자는 것도
이 우주 기운이 올라가고 빛이 내려옴도
다 우리의 목숨을
키우기 위해서 있다.

우주와 세계와 인생이
모두 우리 목숨 키우기 위해 있다.
우리 정신이 자꾸 밝아지고
우리 영혼이 자꾸 울려 퍼지고
우리 마음이 자꾸 넓어지며
우리 얼굴 가죽은 자꾸 얇아지고
우리 개성은 자꾸 깨어나야 한다.

마음은 가라앉고 개성이 피어나서
아름다운 하나의 꽃을 피우는 것
이것이 인생의 생명이다.

방임되어 버리면

요즘 사람들은 대개
맛을 이야기하면서 산다.
나면서부터 먹는데 맛을 붙인다.

사람은 보호자에 의지해서 살게 마련인데
보호자 없이 먹는 맛에만
제멋대로 방임되어 버리면
사람으로서 제대로 자라기가 어렵다.

서슴 없이 버린다

기차 안에서 자리다툼을 하다가
종착역에 다다르면
그 자리를 내 버리고 내린다.
자기가 의지했던 자리이지만
돌아보지도 않고 서슴없이 버린다.

꽉 쥔 연후에야

참을 바로 안다는 것은
하나를 깨닫는 것이니까
이것을 깨달은 연후에야
무서운 것은 참이라는
말이 나오게 된다.

이 세상에서 두려운 것이
없어야 한다는 말도
참을 깨닫고
꽉 쥔 연후에야 알게 된다.

고디 곧장해야

고디 곧장 올바르고 정직하게
저축해야 이롭지
부정축재를 하면 벌 받는다는 말이다.

그래서 이정利貞 35)이라는 말이
주역에 많이 나온다.

올바르게 저축하라
부지런히 일하고
곧장 곧장 올라가는 것이 이정이다.
크게 저축하는 데는
고디 곧장해야 이롭다.

---

35) 이정(利貞): 주역에 자주 나오는 말인데 바르게 하는 것이 이롭다라는 뜻이다.

힘차게 쉴수록

잠은 쉬는 것인데
세상 모르고 잘 때도
숨은 더 힘차게 쉬지 않는가?
의식의 세계보다
무의식의 세계가 더 강한 자기이다.
무의식에서 초의식이 되면
그때에야
참 내가 된다는 말이다.

내가 하늘이라는 것도
초의식이 되어야
내가 깨닫게 된다는 말이다.
초월하는 것이 내가 된다는 것이다.
숨길은 쉬면 안 된다.
이것이 식불식息不息이요
자강불식自强不息이다.
힘차게 쉴수록
쉬지 않는 것이 나라는 말이다.

무엇을 해 보겠다는 게

중요한 것은
우리의 욕망이나 소원은
바로 되어야 하는데
그런데 그게 미정이다.
아직도 바로 되지 않고 있다.
이것이 우리네 인간의 역사이다.

바로 하려고 노력하지만
바로 되지 않는 게 인간의 역사다.
실패의 역사다.
실패의 역사에서
무엇을 볼 수 있단 말인가?
요행으로는 안 된다.

그러나 무엇을 해 보겠다는 게
우리의 길이다.
그것이 인도人道이다.

하늘이 무능한 인간을 내신 것은
이 인도를 가라는 것이다.

이제껏 못한 것을 바로 해보라고
인간을 세상에 또 내신 것이고
따라서 우리는 그렇게
해보고 있는 것이다.
역사는 자세히 보고 가야 한다.

역사를 잘못 보고 가면
몹쓸 놈이 되고 만다.
영웅주의적인 심리로 역사에 나서면
밤낮 이 꼴이 될 수밖에 없다.

역사를 바로 하려는 게
하나의 길이다.

제대로 있다

마음이란
가슴에 걸리지 않으면
언제나 마음 제대로 있다.

나의 뜻은
나의 자유로 사는 것이다.
뜻을 잊어버리면
누가 빼앗아 간 것 같이 말하나
그렇지가 않다.

의지는 어디까지나 나의 의지다.

다석 **유영모** 시집 ②
태양이 그리워서

2권 · 태양이 그리워서

1장 | 태양이 그리워서

따로 길 따로 | 신을 알려는 것 | 신에게 이름을 붙이면 | 이름 없는 것이 | 정신과의 거래 | 저 깜박이는 별들이 | 얼굴만이 영원히 드러날 것 | 집 지으러 왔다 | 지극한 성誠의 자리에 가면 | 내가 사람이 될 때 | 정성이 있으면 신이 있고 | 머리에 이는 것 | 섬김, 본연의 모습

2장 | 언제나 신발을 벗을 수 있도록

언제나 신발을 벗을 수 있도록 | 머리 위에 이는 것 | 튼튼하게 간수해야 | 싹 지워버려야 | 매인 생활 | 맴과 몸 | 다 사용하지 못하고 | 사람을 가릴 줄 아는 것 | 태울 것은 태워야 | 지킬 것은 지켜야 | 목숨 길 | 고요한 빛 | 인물과 재간을 떠나야 | 초석이 되어야 | 상대에 빠져 헤매지 말고 | 섬김 | 풍선이 터져야 | 어진 것을 떠나면 | 미워하지 않는 것 | 말의 권위에 있다 | 말도 안 된다 | 내가 이마 | 참을 꽉 붙들어야 | 눈물 맑기 | 선을 갖추기 위한 싸움 | 세상이 바로 될 리가 없다 | 계산하고 따지는 것 | 뜻만 가지고서는 안 된다 | 악이 성하면 선도 성해야 | 빛깔을 본다는 것 | 체면體面을 버리고 | 겸손해야 | 큰 존재 | 하늘과 땅 | 소금은 소금으로 | 사랑이 있어야 | 사람다운 사랑이어야 | 정신 차려야 할 것 | 사람은 누에 | 계획을 세워야 | 허공과 하나 되는 비결 | 곧게 반듯이 | 서서 나가야 | 생각이 밑천 되어 | 얻어야 알게 된다 | 하나밖에 없다

3장 | 순간순간 지나쳐간다

4장 | 목숨은 기쁨이다

삶을 사는 사람 | 말씀 줄 | 어린아이야말로 | 하느님을 자꾸 말
하면 | 생각이 곧 신인가? | 하느님의 아들 | 물物이 된다 | 나를
잡아 바치는 심정으로 | 모두가 돌아온 길 | 올라가자는 것 | 내
속에는 | 사랑을 잘못하면 | 무엇의 끝인가? | 하느님을 알기 때
문에 | 사랑이 먼저 있고 | 신비는 없는 것 같지만 | 자기의 속으
로 들어가는 길 | 고루고루 쓸 줄 알아야 | 신의 계획 | 말할 수
조차 없다 | 내 생각보다 크다 | 궁극적 목적은 | 말 대답을 못
하면 | 천명을 기다리기 때문이다 | 완전을 그리워한다 | 목숨이
있다고 믿는 것이 | 하나에 들어가야 | 님을 붙여 놓으면 | 이름
을 제대로 붙여야 | 내 것이 아니다 | 몰라서 하는 어릿광대 | 정
신에서 기운이 | 실을 뽑는 것이 | 고치 속에 숨는다는 것을 | 일
체가 변화해가는 것이 | 인간의 속을 알려는 | 밥이 될 수 있는
사람 | 정신을 깨우치는 약 | 깨어나는 약으로 | 밥이 되는 것이
기에 | 갖은 신비가 총동원되어 | 무서운 힘을 내놓는 것 | 사람
이 사람 되는 것이 | 자기의 얼굴을 찾아야 | 알고자 하는 꿈틀
거림 | 이 사람이 깨달은 것이 있다면 | 오늘의 겨울을 다 마치
어 쉬이겠다

다석 유영모
多夕 柳永模.1890~1981

다석 유영모는 온 생애에 걸쳐 진리를 추구하여 구경究竟의 깨달음에 이른 우리나라의 큰 사상가이다. 젊어서 기독교에 입신入信했던 다석은 불교와 노장老莊, 그리고 공맹孔孟사상등 동서고금의 종교.철학 사상을 두루 탐구하여 이 모든 종교와 사상을 하나로 꿰뚫는 진리를 깨달아 사람이 다다를 수 있는 정신적인 최고의 경지에 이르렀다.

다석은 우리나라 3천재,5천재의 하나라는 말을 들었고,평생을 오로지 수도와 교육에 헌신하면서 일생동안 '참'을 찾고 '참'을 잡고 '참'을 드러내고 '참'에 들어간 '성인'이다.

이승훈,정인보,최남선,이광수,문일평 등과 교유했고, 김교신, 함석헌, 이현필, 류달영 같은 이들이 다석을 따르며 가르침을 받았다.아시아에서는 최초로 우리나라에서 열린 세계철학자대회 2008년에서 제자인 함석헌과 함께 한국의 대표적인 사상가로 소개될 만큼 다석의 사상은 세계가 주목하고 있다.

1890년 0세	1890년 3월 13일경인년 2월 23일 서울 남대문 수각 다리 가까운 곳에서 아버지 류명근柳明根 어머니 김완전金完全 사이 형제 가운데 맏아들로 태어나다.
1896년 6세	서울 흥문서골 한문서당에 다니며 통감通鑑을 배우다. 천자문千字文은 아버지께 배워 5세만 4세 때 외우다.
1900년 10세	서울 수하동水下洞 소학교에 입학 수학하다. 당시 3년제인데 2년 다니고 다시 한문서당에 다니다.
1902년 12세	자하문 밖 부암동 큰집 사랑에 차린 서당에 3년간 다니며 『맹자孟子』를 배우다
1905년 15세	YMCA 한국인 초대 총무인 김정식金貞植의 인도로 기독교에 입신入信, 서울 연동교회에 나가다. 한편 경성일어학당京城日語學堂에 입학하여 2년 간 일어日語를 수학修學하다.
1907년 17세	서울 경신학교에 입학 2년 간 수학修學하다.
1909년 19세	경기 양평에 정원모가 세운 양평학교에 한 학기 동안 교사로 있다.
1910년 20세	남강 이승훈의 초빙을 받아 평북 정주定州 오산학교五山學校 교사로 2년 간 봉직하다 이때 오산학교에 기독교 신앙을 처음 전파하여 남강 이승훈이 기독교에 입신하는 계기가 되다.
1912년 22세	오산학교에서 틀스토이를 연구하다. 일본 동경에 가서 동경 물리학교에 입학하여 1년 간 수학修學하다. 일본 동경에서 강연을 듣다.
1915년 25세	김효정金孝貞, 23세을 아내로 맞이하다
1917년 27세	육당六堂 최남선崔南善과 교우交友하며 잡지 「청춘靑春」에 '농우 農友, '오늘' 등 여러 편의 글을 기고하다.
1919년 29세	남강 이승훈이 3·1운동 거사 자금으로 기독교 쪽에서 모금한 돈 6천원을 맡아 아버지가 경영하는 경성피혁 상점에 보관하다.
1921년 31세	고당古堂 조만식曺晩植 후임으로 정주 오산학교 교장에 취임 1년 간 재직하다.
1927년 37세	김교신金敎臣 등 「성서조선聖書朝鮮」지 동인들로 부터 함께 잡지를 하자는 권유를 받았으나 사양하다.그러나 김교신으로부터 사사師事함을 받다.

1928년 38세	중앙 YMCA 간사 창주滄柱 현동완의 간청으로 YMCA 연경반硏經班 모임을 지도하다. 1963년 현동완 사망死亡 시까지 약 35년 간 계속하다.
1935년 45세	서울시 종로구 적선동에서 경기도 고양군 은평면 구기리로 농사하러 가다.
1937년 47세	「성서조선」 잡지에 삼성 김정식 추모문 기고하다.
1939년 51세	마음의 전기轉機를 맞아 예수정신을 신앙의 기조로하다. 그리고 일일 일식日日一食과 금욕생활을 실천하다. 이른바 해혼解婚 선언을 하다. 그리고 잣나무 널위에서 자기 시작하다.
1942년 52년	「성서조선」 사건으로 일제日帝 종로 경찰서에 구금되다. 불기소로 57일 만에 서대문 형무소에서 풀려나다
1943년 53세	2월 5일 새벽 북악 산마루에서 첨철천잠투지瞻徹天潛透地의 경험을 하다.
1945년 55세	해방된 뒤 행정 공백기에 은평면 자치위원장으로 주민들로부터 추대되다
1948년 58세	함석헌咸錫憲 YMCA 일요 집회에 찬조 강의를 하다.1950년60세 YMCA 총무 현동완이 억지로 다석 2만2천 일 기념을 YMCA회관에서 거행하다.
1955년 65세	1년 뒤 1956년 4월 26일 죽는다는 사망예정일을 선포하다. 「일기多夕日誌」 쓰기 시작하다.
1959년 69세	「노자老子」를 우리말로 완역하다. 그밖에 경전의 중요 부분을 옮기다.
1961년 71세	12월 21일 외손녀와 함께 현관 옥상에 올라갔다가 현관바닥에 낙상落傷, 서울대학병원에 28일 동안 입원하다
1972년 82세	5월 1일 산 날수 3만 일을 맞이하다.1977년87세 결사적인 방랑길을 떠나 3일 만에 산송장이 되어 경찰관에 업혀 오다. 3일 간 혼수상태에 있다가 10일 만에 일어나다.
1981년 91세	1981년 2월 3일 18시 30분에 90년 10개월 21일 만에 숨지다.

**출처–다석 유영모 박영호 지음

출처 소개

시의 출처는『다석일지』1권이하 1권,『다석일지』4권이하 4권, 다석강의이하 강의에서 도움을 받았다.